Love
Undercover
& druge priče

Copyright © Nikolina Šarac (Nina Erato Klein), 2020.
All rights reserved.
Sva prava pridržana. Nijedan dio ovog izdanja ne smije se
umnožavati ili javno reprodukovati u bilo kojem obliku bez
prethodnog dopuštenja vlasnika.

The air that floated by me seem'd to say
"Write! thou wilt never have a better day."
And so I did.
John Keats
"To Charles Cowden Clarke"

MCMXCVI *(1996.)*

Zamisli...
Da, tako počinje(m).
U ovoj skučenoj, sjenovitoj sobici premda *Osvanulo je toplo i sunčano jutro.*
Mora da je već sredina proljeća.
(Preko naslona kauča kamilje boje nehajno je prebačen zagasitocrveni prekrivač kog su poodavno moljci vješto izvezli.)
Opažate li t_... *Pst, tiho!*
Evo je, ulazi na vrata. *Mala čergarka!*
(Mršavi, crnpurasti djevojčurak renesansnih crta lica i orlovskog nosa sjeda na kauč i prebacuje onaj isti zagasiti prekrivač preko nogu.)
Jutra su studena u ovoj vikendici na osami.
Gle kako uzima i na krilo meće bilježnicu *„na kockice"* i taj stari plavi atlas iskrzanih ivica. Zacijelo pomišljate da se sprema učiti geografiju, ili tako što, ali prevarili ste se. To joj je pisaći sto. *U nedostatku boljega.* No, slutim da će i za deset, dvadeset, trideset godina od sada, pored svih pisaćih stolova na svijetu, uvijek radije birati kojekakve *„atlase".*
Iz navike, valjda.
A sad, vidite li kako, snena pogleda, zuri u tu starinsku zastakljenu vitrinu u uglu? Mogli biste sada nepomično stajati ispred te iste vitrine, a ona vas ne bi primijetila!

Ljudi pilje u nju, a ona ih ne vidi. *
U mislima je negdje drugdje.
Na mjestu gdje se začinju njezine priče.
Samo što neke od tih priča u njenoj glavi nikad neće prevaliti mukotrpan put od zamisli, tek jednog retka, do cjelovite priče kakva je novela ili pripovjetka. Ja sam tek jedna od *srećnica* koje će završ_ Čudite se, čitaoče? Odaje vas ta bora između obrva.
Nisam li vam rekla da sam ja priča koju upravo u ovom trenutku započinje? Kako zaboravno od mene! Još uvijek nemam ime, njega će mi tek kasnije dati, ali možete me zvati Julia, po protagonistkinji. Uostalom tako me i ona zove. *Njezina prva.* I ma koliko joj se, u ne tako bliskoj budućnosti, budem činila naivnom ili, na momente, glupom čak, sa tek ponekim nagovještajem stila koji će kasnije usvojiti, znam da će zauvijek čuvati moje požutjele stranice. A Henrijeva skica na unutrašnjoj strani korice, podsjećaće je odakle, i zašto, je sve počelo.
A jednog dana, ko zna, možda se budem ponovo rodila kao *Feniks.* Ali niste to od mene čuli.
Pođimo sada i ostavimo je da piše.

---

*... *stvari pilje u nju / a ona ih ne vidi. (Romansa mesečarka - Federico Garcia Lorca, prijevod M. Gardić)*

~ Crvenkapa i veliki, zli vuk ~

"Gospodine Vujeviću...," Dora uvuče vazduh kroz stisnute zube.
"Vladimire...," ispravlja je glasom koji ne trpi pogovore.
"Samo se strancu obraća sa 'gospodine', zar ne?," izaziva je.
"Mi i jesmo stranci." Prekasno shvata koliko smiješno zvuči ta izjava u tom času.
"Ne," zareža u njezinu ušnu školjku: "dok su moji prsti u tebi..."
Lift se bešumno zaustavi.

***

Nekoliko sati ranije...

- Neću ti dozvoliti da me uvučeš u svoje mahinacije, striče! - Holom „Vinarije Bračić" odzvanjao je Dorin britki glas.
- Mahinacije?! Zar tako nazivaš moje napore da nas održim u životu? - Ivan zacokće jezikom. - Ubijam se od posla da bi ti mogla špartati po Italiji... - nimalo suptilno,

pokušavao je da joj nabije osjećaj krivice. Kao da je porodični posao u problemu zbog njenih studija istorije umjetnosti u Firenci, a ne njegovih loših poslovnih poteza posljednjih godina.

Prozrela ga je. - Nikad ti nisam tražila...

- Mogla bi da digneš guzicu, Dora - Ivan ustade iz kožne fotelje u svojoj kancelariji: - i učiniš nešto za spas... - raširenih ruku ogledao se oko sebe: - svega ovoga.

- Misliš, trebalo bi da se dodvoravam tvojim potencijalnim poslovnim partnerima - usne joj se izviše u grimasu: - sve sa smiješkom?!

- Naravno - mirno se složi. Pretvarao se da nije primijetio njezin prezrivi izraz.

- I mislio si da s tim Vujevićem počnem da brusim svoje umijeće treptanja i smješkanja - nije krila sarkazam. - On će, jadan, biti toliko zaslijepljen da će istog časa, bez suvišnih pitanja, odvezati kesu i uložiti svoje sumnjivo stečene milione...

Ivan nabra obrve. - Odakle ti to da se on bavi sumnjivim poslovima? - Ne čekajući njezin odgovor, dramatično nastavi: - Ne, ne, ne, nemoj mi reći. Daj da pogađam. Čula si od onog svog novinarčića...

- Njegovo ime je Kristijan! - žustro ga prekinu.

- Ah, kako god! - Ivan nehajno odmahnu rukom.

- Umjesto što mu dozvoljavaš da ti soli pamet, trebalo bi da misliš na svoju budućnost...

Dora se podsmijehnu. Isto to je i Kristijan govorio za Ivana. *„Ne dozvoli svom stricu da ti govori šta da radiš. To je tvoj život i živi ga onako kako tebi odgovara."*

Direktno ili indirektno, izgleda da su obojica sumnjala u njezinu sposobnost da misli svojom glavom.

Voljela bi da im dokaže koliko nisu u pravu. Zna ona vrlo dobro kako se valja boriti za ono što želi. Ili bi barem znala, govorila je samoj sebi, kada bi postojalo nešto za šta bi se vrijedilo boriti... svim sredstvima!

Vinariju, porodično nasljeđe, nije doživljavala svojom, iako je imala jednak udio kao i njezin stric, te se stoga i nije mnogo potresla kad je saznala da je već neko vrijeme nelikvidna i da im prijeti stečaj. Pa zašto bi onda zbog nje riskirala...

Vezu sa Kristijanom, osim povremenih Ivanovih gunđanja, ništa nije ugrožavalo. Sve je teklo glatko... Mogla ih je zamisliti zajedno i za deset... dvadeset... trideset godina od sada. Ona će imati svoju umjetnost, vjerovatno će biti kustos u nekom muzeju, a Kristijan će, vođen svojim idealističkim principima, razotkrivati privredne afere, korumpirane političare... Zajedno će mijenjati svijet... na bolje.

Sve je isplanirala. I ništa se nije moglo izjaloviti.

Poletno silazeći niz stepenice, Dora izvuče mobilni telefon iz džepa mantila i stade da kuca poruku Kristijanu. Vidjeće se večeras... oči su joj iskrile. U mislima je već bila s njime. Ne gledajući gdje staje, Dora neoprezno zakorači na sam rub stepenika. Istog trena izgubi ravnotežu i poleti pravo naprijed. Zaustavila se, dlanova prislonjenih na... nečijim, od kamena isklesanim, prsima!

- Op... oprostite... - automatski promuca.

- Ne bunim se... - U glasu mu se osjećao jedva prikriveni

smijeh.

"Sigurno se ne dešava svaki dan," pomisli Dora: *"da mu nepoznate djevojke, kao zrele kruške, padaju u ruke."*

Čvrsto ju je držao za nadlaktice.

Dora podiže pogled ka neznančevom licu. Prvo što joj je upalo u oči bila je njegova, sijedim prošarana, tek iznikla, tamna brada.

Ni za život ne bi priznala da se potajno palila na...

- Salt-and-pepper... - čeznutljivo promrmlja. *"Šteta što je Kristijan plav,"* prođe joj kroz glavu banalna misao.

- Kako, moliću?

Dora na čelu osjeti titraj njegovog vrelog daha.

Bora se usjekla između njegovih nabranih obrva dok ju je ljubopitljivo posmatrao.

Da li je ona to upravo zatreptala par puta?!

On se sporo naže k njoj i... ona zadrža dah... gotovo na usnama joj senzualno prošaputa: - Do našeg ponovnog susreta... - S tim riječima ju je ostavio. Sigurnim korakom uspeo se na sprat i nestao iza ugla na putu ka Ivanovoj kancelariji.

Sigurnost u njegovom glasu, kao da nimalo ne sumnja da će je ponovo imati *pred sobom,* otposla trnce niz njezinu kičmu. Bili su skupa tek par minuta, a Dora je drhtala.

"Je li opasan?," kukavički se javi njezino srce.

"Nebitno...," Dora krenu ka izlazu: *"jer sljedećeg susreta neće biti."*

Trže se iz misli kad je neko, u hodu, uhvati pod ruku.

- Nije li božanstven?

- Ko? - nezainteresovano upita Anitu, ćerku Ivanove

'*prijateljice*', odskora zaposlenu u vinariji.

„ *Očito je pronašla novu ljubav svog života,* " pomisli Dora. Već se navikla na Anitinu sklonost ka zaljubljivanju. Tek što je preboljela nekog razbacanog hokejaša koji ju je šutnuo zbog svog, podjednako razbacanog, saigrača. A prije njega bio je neki umjetnik na trapezu ili krotitelj lavova, ko bi ga znao. U svakom slučaju, neki cirkuski radnik. Nije je slušala.

- Kako ko? - Anita se zaustavi u mjestu i sučeli se s njome. - Pa, Vujević - glavom pokaza na sprat.

- Zar je ovdje?! - Dora nabra obrve.

Ivan je bar mogao da joj kaže. Osjećala je kako je ponovo obuzima kivnost.

- Ma hajde, nema potrebe da se pretvaraš preda mnom - Anita se naže ka njoj. - Sve sam vidjela - smijuljila se.

Dora se jedva suzdržala da je ne sčepa za ramena i snažno protrese. No, umjesto toga duboko udahnu i sporo, kao da se obraća nekome na intelektualnom nivou djeteta, upita:

- Hoćeš li mi već jednom reći o čemu govoriš? I kakve veze ima taj... taj - umalo da ga ne nazva krimosom: - Vujević...

- *Taj Vujević* te je proždirao pogledom maločas na stepeništu.

- Anita! - neko je zazva i ona zavjerenički namignu Dori kao da kaže „ *Neću nikom reći* " i ode.

Dora preblijedi. „ *To ne može biti... on!* "

- Prokletstvo! - šapat joj se ote s usana.

Njihovi budući susreti upravo su postali... *neminovni.*

***

~ Djevojčica sa šibicama ~

Izguglala ga je čim se vratila kući. I prvo što je vidjela bio je taj članak.

EKSKLUZIVNO
Strast na luksuznoj jahti
Naša mlada i perspektivna starleta Klaudia („bez j") u vrelom zagrljaju sa kontroverznim, i svježe razvedenim, biznismenom Vladimirom Vujevićem...

- Jesu li oni to usred... - Dora uhvati sebe kako nesvjesno naginje glavu na jednu stranu pokušavajući da...
Zgrožena, bučno zaklopi laptop i odgurnu ga što dalje od sebe da ne bi došla u iskušenje da pomno analizira mutnu sliku seksa u tračerskim novinama. Možda bi do kraja i posumnjala u aktere...
- To jeste on - uvjeravala je sebe dok je nervozno grizla zanokticu na kažiprstu. - Zajedno sa „perspektivnom starletom". Možeš misliti. To je kao da se kaže da neko teži da postane ništa - naruga se onaj kulturni snob što je čučao u Dori, a kojim se ona dičila. Onaj koji ni u ludilu ne bi prelistavao žutu štampu.
Pa ipak, vrag joj nije dao mira. Bila je na samo jedan klik mišem da sazna sve o „njegovoj starleti". Dora ponovo privuče laptop k sebi. Trenutak-dva se premišljala i... pokleknula. Uskoro su pred njenim očima bljeskale desetine slika dotične celebrity zvijezde. Rasna plavuša sa plastičnim hirurgom na platnom spisku, punila je trač

rubrike.

Naravno, Dora nijednom nije postavila samoj sebi pitanje zašto se nje uopšte tiče koga on vodi u krevet, ili u ovom slučaju, na jahtu.

Možda zato što je znala da joj se odgovor na to pitanje ne bi svidio. Poljuljao bi sliku kakvu je imala o sebi.

Morala je zatomiti tu fascinaciju čovjekom kog je tek upoznala.

Kristijan! Sinu joj spasonosna ideja. *Da!* Otići će da ga vidi. To je upravo ono što joj treba. Da se ušuška u sigurnost svoje ljubavi prema njemu. I zaboravi, da na svijetu postoji... *iko drugi.*

Dora zgrabi mantil prebačen preko naslona od stolice i izjuri napolje. Dok je rovarila po džepovima u potrazi za ključevima za svoju kutiju šibica, kako je Kristijan zvao njezin jarko žuti Smart Cabrio, na prilazu se zaustavi crni automobil sa zatamnjenim staklima. Dora pomisli da je to zasigurno neko od Ivanovih poslovnih kontakata. Samim tim nije njena briga.

Nehajno sjede u svoj auto.

Muškarac u tamnom odjelu joj priđe prije nego što je stigla da zalupi vratima. - Gospođica Dora Bračić?

Potvrdila je.

Ispod šoferske kape, dva tamna oka su drsko piljila u nju kad joj je pružio bijelu najlonskih kesu.

- Vladimir vam šalje... - isceri se: - mali poklončić.

Dora zausti da mu odbrusi šta može da uradi sa Vladimirovim „poklončićem", ali glas ju je izdao.

Zatekao ju je nespremnu, a taj podrugljivi kez koji kao da

kaže *„ja ovo stalno radim za Vladimira"* natjera crvenilo, mješavinu ljutnje i stida, u njene obraze. U želji da se što prije izvuče iz neugodne situacije, bez riječi uze kesu.

On dotaknu rub svoje kape u znak pozdrava i još jednom joj uputi onaj osmijeh pun skrivenog značenja. Zatim se udalji, glasno zviždeći neku melodiju.

Dora ljutito odloži kesu na suvozačevo sjedište, riješena da je nikad ne otvori.

U mirno martovsko predvečerje škripa guma zapara učmalu uličicu bogataškog predgrađa.

- Ne trebaju meni njegovi pokloni! - Dora je bijesno pritiskala papučicu gasa.

Vozila je kao luđakinja u bolidu Formule 1, vješto izbjegavajući kolone vozila koje su se stvarale pred njom.

Tek je počinjao saobraćajni špic, a ona je upravo otkrivala prednosti posjedovanja minijaturnog automobila.

- Odakle mu pravo - gunđala je sebi u bradu: - da me svrstava u isti koš sa hordama sponzoruš_ - naglo se zaustavi na semaforu. Umalo se zakucala u bijeli, dostavni kombi pred sobom.

- Hajde... hajde... - dlanovima je lupkala po volanu dok je čekala da se upali zeleno svjetlo.

Bijesno zatrubi kombiju ispred sebe kad nije krenuo... *na žuto.*

Duševni mir, ako ne i život sam, vjerovala je, zavisi od toga koliko brzo može vidjeti Kristijana.

*

„Pozvani korisnik trenutno nije dostupan. Molimo pokušajte kasnije."
Po ko zna koji put danas Kristijan je čuo tu istu nezadovoljavajuću poruku.

- Gdje si, Dora? - promrmlja i odloži telefon na instrument tablu svog automobila.

*

Uzalud je Dora zvonila na interfon Kristijanove zgrade. Nestrpljivo podiže pogled na njezino pročelje. Kristijanov stan na drugom spratu bio je u mraku. Trebalo je da bude kod kuće. Uostalom, zar se nisu dogovorili da provedu veče zajedno?
Dora posegnu u džep mantila.

- Kvragu! - ote joj se s usana. Mora da je, u žurbi, zaboravila mobilni.
Sačekala je još neko vrijeme naslonjena na zid sa kog je žbuka otpadala ne bi li joj neko otvorio vrata zgrade. Možda i Kristijan u međuvremenu naiđe.
No niko se nije pojavio.
Dora letimično pogleda na sat i razočarano uzdahnu. Nema svrhe ostajati. Možda će je, kad stigne kući, na telefonu čekati poruka od njega. Dora pretrča polupustu ulicu i krenu natrag do svog automobila. Tek što je sjela, trže je nekakav čudan, prigušen zvuk. Neobična melodija dopirala je... *sa suvozačevog sjedišta!*
Njegov poklon svira!
Dora oprezno zaviri u najlonsku kesu kao da je posrijedi

kakva eksplozivna naprava. U njoj otkriva kutiju od mobilnog telefona. Izvlači je i u krilu otvara... Na ekranu svijetli... *Vladimir poziva.*

*

„Hvala, gospodine Vujeviću," Dora je u toku vožnje uvježbavala tekst: *„ali ne mogu... ne želim... Moram biti samouvjerena"!* opominjala je sebe: *„prihvatiti vaš poklon."* Časkom upravi pogled u svoj odraz u retrovizoru. *„Složiti facu koja ide uz taj stav!,"* napravila je mentalnu zabilješku. *„Samo ću ući na dva minuta, vratiti mu telefon i izaći. Pa koliko teško to može biti?!"*
Odranije je znala u kojem od nebodera novoizgrađenog poslovnog centra je smješteno sjedište njegove kompanije. Ivan se postarao da upamti.
Bože! Osjećala se kao komad mlade junetine koju je njezin stric zdušno pokušavao utrapiti onom sa najdubljim džepom. A Vladimir Vujević se visoko kotirao na listi potencijalnih kupaca. Želudac joj se okrenu.
„Siroma' Ivan," tobože sažaljivo pomisli: *„da je samo znao koliko malo treba da Vujević odriješi kesu. Tek jedan slučajni sus_,"* Dora u trenu preblijedi kad misao jedna je stiže.
   - Je li zaista bio slučajan? - prošapta sebi u bradu. Možda je Ivan držao redateljsku palicu. Kad je on u pitanju, ništa je ne bi začudilo.
No, to više nije ni važno. Stigla je...
Dora baci pogled na ručni sat dok je odsječenim korakom

išla prema liftovima u blještavo osvjetljenom holu. Skoro će sedam. Potpetice njezinih visokih stiletto čizama odzvanjale su na uglancanom mermeru. Vrata lifta se otvoriše i ona sigurno zakorači unutra.

Kad se nekoliko trenutaka kasnije lift zaustavio i ona se našla u polumračnom hodniku, njene sigurnosti skoro sasvim nestade. Trebalo je da pomisli da je već kasno. *Prva greška!* On zasigurno ne ostaje nakon radnog vremena. Na kraju hodnika, iz jedne od bočnih kancelarija, dopirao je snop svjetlosti. Dora se zaputi pravo ka njemu. Vjerovala je da je možda njegova sekretarica...

Zastade na vratima i tiho pokuca. - Ja se izvinjavam - proviri unutra. Nema nikoga. Taman htjede da se vrati kad spazi da se naslon masivne kožne kancelarijske fotelje okreće.

- Uđite slobodno, gospođice Bračić.

On je!

Žmarci je podiđoše od njegovog baršunastog glasa. *,,Prokletstvo!, "* u sebi opsova. *Ako će tako reagovati svaki put...*

Pogledi im se susretoše. I neki đavolski smiješak zaigra u jednom uglu njegovih senzualnih usana.

Senzualnih?

Dovraga i bestraga!

- Da? - Vujević otegnuto progovori dok je njegov pogled drsko klizio njenim tijelom. Nije ni pokušao da ga prikrije. Nije trebalo da obuče crvenu pletenu haljinu nalik predimenzioniranom džemperu! *Druga greška!*

- Hm... ništa nisam rekla - grleno odvrati. *,,Bravo,*

Dora!," u mislima je sarkastično čestitala sebi: *,,još samo da mu priznaš da si ovlažila,"* obrazi joj se zažariše: *,,pa da završimo..."*

U želji da što prije pobjegne od njega: - Imam vas... - neoprezno joj izleti dok mu je pružala kutiju. Smetena, zatrese glavom: - Ovaj, *vaš* - bespotrebno naglasi: - mislim, vaš telefon... kod mene je.

Srdita na samu sebe zbog slabosti koju je osjećala u njegovoj blizini, Dora bi se mogla zakleti da joj je koeficijent inteligencije, u tom trenu, opao za pedeset. Zamuckivala je kao kakav imbecil. Ili u ovom slučaju perspektivna starleta! A sa njima je znao kako postupati.

- Dakle, Dora - on ustade i polako krenu prema njoj: - imaš... me... - namjerno je razvlačio riječi da bi istakao insinuaciju. Ova situacija ga je, očito, veoma zabavljala. Jedva se suzdržavao da ne prasne u smijeh.

Pretvarala se da to ne primjećuje.

- Ne želim da mi poklanjate telefone - oštro primijeti i zagleda se u to podsmješljivo lice koje joj je sad već bilo toliko blizu da ju je nadvisivalo: - niti bilo šta drugo, kad smo već kod toga!

Ne skidajući pogled s nje, on zavuče ruku u džep pantalona i izvuče...

- Tvoj se razbio...

- Hm?- Dora zbunjeno zatrepta. S njim se pretvarala u pravu malu glupačicu. Nesvjesno je grizla desni ugao donje usne. Da ju je mogao vidjeti, Ivan bi bio ponosan kako koristi svoje ženske čari.

- Tvoj telefon - Vujević pojasni: - danas u vinariji ti je pao niz stepenice.

Dora se zagleda u smrskani ekran u njegovoj ruci. Nije ni primijetila da joj je ispao. Oprezno posegnu za njim, pazeći da pritom ne dodirne njega. No prije nego što ga se domogla, on ga nehajno vrati u džep.

- Nemate pravo... - ošinu ga pogledom. - Moj je.

Nije se obazirao na njezine proteste. Umjesto toga, prisno je uze za ruku i povede iz kancelarije. Uhvaćena na prepad, nije pružila nikakav otpor.

Trenutak kasnije, ušla je s njim u lift. *Treća greška!*

U skučenom liftu, nalikovali su na dva boksera u ringu, svako u svom uglu. Falio je samo zvuk gonga da se uhvate u klinč.

Crveni broj iznad vrata zasvijetli. Znak za nju da krene u napad.

- Ne znam s kakvim ženama ste vi imali posla...

Laž! Zahvaljujući žutoj štampi, imala je sasvim jasnu predodžbu o tome. - Ali ja želim da me...

Sa predugo potiskivanom strašću pribio ju je uz, ogledalom obloženi, zid lifta. Jednom rukom drži joj zapešća podignuta iznad glave. - Reci mi šta želiš, Dora... - mrmlja uz nježnu kožu njezinog vrata. Njegov dah pali kao vatra. U njoj izaziva... Njezino tijelo prijemčivo se izvija ka njemu. Izdajnički... vapi za čvrstinom njegovog...

Posljednjim gramom zdravog razuma Dora pokušava...

- Želim da me... - Ne stiže da promuca ono *„ostavite na miru"*.

Širom razrogači oči kad njegovi prsti pređoše preko delikatne čipke njezinih gaćica.

Dora se trže.

- Gospodine Vujeviću! - njen šapat je jedva čujan. Ne zaustavlja ga...

On pronalazi njezin osjetljivi vršak. Znalačkim pokretima draži ga... miluje... Neprimjetno njegovi prsti nestaju pod tanušnom tkaninom i nestaju u neistraženim dubinama njezinim. Prisvaja je...

Dora zabaci glavu... uzdahe suspreže... odaće je njemu...

- Gospodine Vujeviću... - vazduh kroz zube usisa.

- Vladimire... - ispravlja je.

Nekoliko trenutaka kasnije vrata lifta se otvoriše.

***

~ Bal pod maskama ~

Posljednji zraci zalazećeg sunca presijavali su se na smaragdnozelenom satenskom kombinezonu. Dora se sumnjičavo uvijala pred ogledalom. Drhtavim prstima je istovremeno petljala oko mašne na struku.

- Nije baš pojas nevinosti - simbolika je žacnu: - ali poslužiće. Nadam se... - Porazno uzdahnu. - Inače pravac sex shop po pravi!

Ono veče u liftu joj je otvorilo oči. U zrcalu je vidjela jednu drugu sebe. I nije joj se svidjela.

Konačno je uspjela da veže mašnu.

Večerašnja zabava u vinariji, u njegovu čast, biće pravo iskušenje za nju. Da je bar mogla da je izbjegne.

No Ivan je lupio šakom u sto. *„Moraš ga ispoštovati!"*

Danima je naglašavao kako moraju poželjeti valjanu dobrodošlicu dragom Vladimiru u njihovu malu porodicu.

Dori bi se želudac okrenuo kad bi ga čula da tako govori.

Nije imala iluzija šta je dovelo *„dragog Vladimira"* u njihovu malu porodicu. *Ili ko.*

Dora se osvrnu preko ramena kad neko, bez kucanja, upade u njezinu spavaću sobu.

Namrštila se. *Zar je već toliko kasno?* Mora da je izgubila pojam o vremenu.

Bruno, njezin pratilac za večeras, uparađen poput pauna, s neodobravanjem ju je odmjeravao.

- To - pokazujući na nju, kažiprstom je teatralno crtao osmice u vazduhu: - šta god da je to, namjeravaš da nosiš?!

- Šta fali ovome ? - Naglo se okrenula i viseće dijamantne

minđuše zatresoše se u njenim ušima.

- Oh, ništa. Baš ništa - afektirao je. - Ako si planirala da ideš na audiciju za ulogu Crystal Carrington. - Bruno, kao i uvijek, nije imao dlake na jeziku kad je trebalo da prokomentariše nečiji, uglavnom njen, stil.

- Odlično - tobože ozbiljno će: - na taj *look* sam ciljala.

Bruno nije prihvatio njezinu šalu. Zamislio se. - Taj Vujević...

Dora se štrecnu na spomen njegova imena.

- ... će zasigurno pobjeći glavom bez obzira pred vižljastim zelenim gušterom.

Nervozno se nasmijala na to poređenje. *Nije ona te sreće!* Još je stigla s kreveta zgrabiti srebrnu clutch torbicu *,,u koju stanu tek karmin i gaćice"* (Brunovo slikovito objašnjenje) i njih dvoje, s rukom pod ruku, požuriše napolje.

*

Dora se nije mogla oteti osjećaju da se sve urotilo protiv nje te večeri.

Neko nestašno polubožanstvo odlučilo je da se okrutno poigra sa jednom smrtnicom.

Počevši od osvjetljenja.

Lampe, nalik fenjerčićima, raštrkane duž zidova od dekorativne opeke davale su cijelom prostoru nekakvo intimno ozračje. *Zar da čitavo veče provede s njim... u polumraku?!*

A i ta muzika...

Ivan je, vjerovatno na Gordanin nagovor, angažovao pijanistkinju i violončelistu. Sa blago uzdignute, improvizovane bine smještene u uglu nasuprot vrata, uzvanice su pozdravljali umilnim zvucima klasičnih kompozicija.

- Kako romantično! - Anita prođe pored njih. Potpuno opčinjena svime.

- Bolje rečeno demode - naginjući se prema Dori, Bruno dade svoj sud.

„I nimalo ne pomaže," gorko pomisli Dora.

Vidjela ga je kako zastaje na ulazu i pogledom prelazi preko dvorane, tražeći...

Dora brže-bolje obori glavu bespotrebno rovareći po torbici.

- Ono je Vujević, zar ne?! - bila je više tvrdnja nego pitanje. Bruno se zagleda u čovjeka na vratima kom je Ivan u tom trenu nekako servilno prišao i rukovao se s njim.

Dora nešto nerazgovjetno promrmlja sebi u bradu.

- Tvoj stric samo što mu se ne klanja - Bruno podsmješljivo prokomentarisa.

Da, mogla je to zamisliti. Ivan je u njemu vidio spasitelja svoje dragocjene vinarije.

- Mmm kakav macan... - Bruno se još jednom oglasi.

- Ima tu, *je ne sais quoi** - neodređeno mahnu rukom:

- auru lošeg momka... - na tren ućuta, spazivši užasnuti izraz na Dorinom licu. Pogrešno ga je protumačio.

- Vujević, a ne Ivan - kroz smijeh objasni.

Dora vidno potonu. Izgubila je uzdanicu i prije same bitke.

- Oho-ho, evo ga k nama - Bruno gotovo poskoči od

uzbuđenja. - Obećaj mi da ćeš me upoznati s njim.

Dora ga prostrijeli pogledom.

- Znam, znam da je strejt, ali mogu da mašt_

U tom času objekat Brunovog obožavanja zaustavi se pred njima.

- Dobro veče, Dora - njegov glas, na tren, probudi leptiriće u njenom stomaku. Sasvim spontano naže se k njoj. Da nadglasa muziku... poljubi je možda...

- Gospodine Vujeviću - ukočeno, Dora gotovo prosikta, prosipajući insekticid.

Nije joj promaklo da stiska vilice. Nije mu pravo što ga je tako službeno oslovila. Ponovo joj vraća lični prostor. Ne uzurpira ga više.

Obrazi joj gore. Srećom, on u polutami ne opaža grimiznu nijansu na njima.

Bruno se nakašlja. Poput filmske dive čeka da bude zvanično predstavljen.

Kruto je obavila svoju dužnost domaćice.

,,Zašto već jednom ne ode?!," bijesno se pitala. *,,Samo se pretvara da ga zanima Brunovo blebetanje o... čime god da ga zadržava."* Nije čula ni riječ od gromoglasnog bubnjanja u ušima.

Vladimir se nasmiješi i letimično je pogleda.

Konačno je pohvatala konce razgovora.

- ...sva raščupana izašla iz kokošinjca pod punom ratnom opremom, naoružana metlom u jednoj ruci i metalnom šerpom u drugoj! - Bruno se presavijao od smijeha. - Perje je letjelo na sve strane - razmahao se rukama kao da se brani od komaraca.

Nije mogla da vjeruje da mu je to ispričao. *Njemu...* *potpunom strancu!*

Kad je napokon prestao da se guši od smijeha, Bruno se pretvarao da ne opaža Dorino kiselo lice.

Da stvar bude još gora, muzičari su u tom trenu zasvirali...

- Drugi valcer! - poviče Bruno. - Dorin omiljeni - tobože u povjerenju istrtlja svom sagovorniku.

- Je li? - Vladimir upitno podiže jednu obrvu. - Onda to moramo iskoristiti... - pruži joj ruku, očekujući njezinu.

Dora se nije ni pomjerila. Uporno je zurila nekud u daljinu pretvarajući se da je ne vidi.

Sad su već i gosti najbliže njima primijetili njegov poziv. Počeli su se otvoreno došaptavati.

Na sebi je osjećala njihove ljubopitljive poglede.

„Zar i ti, sine Brute?, " Dora preko ramena, uputi optužujući pogled svom, do prije par minuta najboljem prijatelju, dok ju je Vladimir vodio ka centralnom dijelu dvorane. Osjećala je njegovu odlučnu ruku na donjem dijelu leđa. Ostale uzvanice su se sklanjale ukraj praveći mjesta za improvizovani podijum.

Sigurno će se danima pričati o poprilično nekonvencialnoj izvedbi Šostakovičevog valcera, jer...

Vladimir ju je držao čvrsto priljubljenu uz sebe mada se ona očajnički trudila da održi kakvu-takvu distancu između njihovih tijela. U njihovoj interpretaciji sve je umnogome nalikovalo na tango. *Nabijeno seksualnom tenzijom... varnice su vrcale... iz Dorinih očiju.*

Posljednje note zavibriraše u vazduhu prije nego što, na trenutak, sve utihnu. Sve oči su bile uprte u jedini par na podijumu.

Dora načini pokret kao da će se odvojiti od njega.

Bezuspješno.

Njegove ruke još uvijek su je snažno obujmljivale.

Prostoriju ponovo ispuni žagor, kao da su svi prisutni istovremeno počeli govoriti.

- Muzika samo što nije ponovo počela. - Njegove usne joj okrznuše čelo.

Drhtaj prođe njezinim tijelom.

- Šta će ljudi pomisliti?

- Zar te oni brinu? - podsmijehnu se.

Dora podiže molećive oči ka njemu. - Pustite me, gospod_

- Reci magičnu riječ - prekida je.

Dora zbunjeno zatrepta. *Zar nije prestar za takve djetinjarije?!*

- Molim vas... - prošaputa.

On odlučno odmahnu glavom.

- Reci moje ime! - bez milosti zahtijeva. - Reci *Vladimire!*

Trenutak kasnije, okrenula mu je leđa, ostavljajući ga sa pobjedničkim osmijehom na usnama.

Ovu bitku je on dobio.

I muzika ponovo zasvira.

Nakon tog dokazivanja premoći, Dora poželi da bude sama. Nisu joj se slušali Brunovi komentari, a on je zacijelo gorio od želje da prokomentariše... *njihov ples*. Krajičkom oka spazila ga je kako nezainteresovano klima glavom odveć raspoloženoj, i pomalo napadnoj, Aniti. Očigledno je pronašla novi ljubavni projekat. Satjerala ga je u kut. Ugledavši Doru, Bruno joj domahnu.

„Sam se spašavaj," osvetoljubivo pomisli Dora, ostavljajući ga da blijedo zuri za njom, nalik brodolomniku dok posmatra odlazak jedrenjaka koji ga je previdio. Staklena vrata koja su vodila u unutrašnje dvorište i dalje ka podrumima bila su joj nadohvat ruke. Skoro da je mogla osjetiti...

- Bravo, djevojčice! - Gordana se, utegnuta u crnoj šljokičastoj haljini, niotkuda stvori pred njom, blokirajući joj izlaz.

Dora, vidno razočarana, uzdahnu. Znajući Ivanovu prijateljicu neće je se tako lako otresti.

- Vrhunski si zaokupila Vujevićevu pažnju.

Dori se želudac okrenu na ove riječi. Usne je stiskala u dvije tanke linije.

- A tek onaj tango... maestralno odigrano! Da ga moj Bubili već nije privolio da uloži kapital u njegovu vinariju, nimalo ne dvojim da bi ti u tome uspjela nakon... - iznenadno krčanje mikrofona je najzad ućutka.

- Mogu li zamoliti za trenutak pažnje - Ivan se obrati prisutnima sa mjesta sa kog su muzičari do maločas razgaljivali uzvanice.

- Evo ga, sad će objaviti... - Gordana se iskezi, tobože potiskujući navalu ushićenja.

- Velika mi je čast i zadovoljstvo poželjeti dobrodošlicu, ne samo u svoje ime nego i u ime moje bratanice Dore - naglo ućuta.

Dora je u sebi, poput mantre, ponavljala: *„Nemoj..."*

- ...ali, gdje si, Dora?

- Ovdje je, Ivane! - Gordana povika i stade mahati svom

Bubiliju.

- Ah, tu si! Dora, pridruži mi se u ovom trenutku od najveće važnosti za naše porodično nasljeđe.

Dora zakoluta očima i preko volje ode da mu udovolji.

- A sada, dame i gospodo, molim vas za jedan veliki aplauz za našeg dragog Vladimira.

Salom se prolomi zaglušujući aplauz. Najglasniji je, pak, bio Ivan, oduševljeno plješćući *dragom Vladimiru* dok je ovaj, sa širokim osmijehom izlazio na binu. Poput kraljevića, Vladimir je mahao svojoj publici.

Srdačno se rukovao sa svojim domaćinom i dođe do...

Dora mu automatski pruži ruku i on je, sasvim neočekivano, prinese usnama. Dora zadrža dah. Gotovo da se ponadala...

Drski osmijeh... *osmijeh osvajača...* zatalasa mu u uglu usana prije nego što je osjetila njihov dodir. Brada mu nadraži nježnost njezine kože. Izazivajući u njoj...

Uz trzaj, nimalo damski povuče ruku ne želeći da poklekne pred tim nepoželjnim osjećanjima što su joj gamizala venama. Taj njen potez zapade Ivanu za oko. Namrštio se.

No, samo trenutak kasnije dao je mikrofon Vladimiru *„da kaže par riječi"*.

Dora je čeznutljivo gledala ka zastakljenim vratima na drugom kraju prostorije. Sjetno uzdahnu.

- Znaš - njezin stric se naže i gotovo na uvo joj prošaputa:

- mogla bi da budeš malo pristupačnija prema njemu.

Dora prezrivo frknu.

- Ipak će on od sada plaćati tvoje kaprice.

Da je plaća?! Dora razrogači oči. Sama pomisao ju je

užasnula.

Nije mogla dočekati da pobjegne odatle.

*

Večernji lahor nadraži joj kožu. Poput dodira njegovih usana...

Dora zadrhta. *Šta se to zbiva s njom?*

Fatalna privlačnost kojom je zračio mamila ju je kao ulična svjetiljka noćnog leptira. Sa svakim susretom neka nevidljiva sila ju je nagonila da širi svoja krila ka njemu.

Nesvjesno se zaputi preko kaldrmisanog dvorišta ka podrumima. Visoko na nebu sjali su milioni zvjezdica.

Dora podiže lice ka njima u trenu kad jedna repatica zapara noćni svod.

Sa jednog od malobrojnih prozora konobe za degustaciju vina neko poželi želju.

Zatražio je... *boginju.*

***

~1001~

Dora nesigurno zastade na pragu kad shvati da je još neko osjetio poriv da se osami. Odnekud iznutra začu se oštro:

- Nemoj samo stajati tu.

Opominje je.

Dora se strese. *Vujević!* Prepoznala mu je glas.

„Baš je morao biti on."

Iz polutame su dopirali koraci. Ujednačeni, sigurni... srce joj je lupalo... *prijeteći.*

Čeznutljivo se osvrnu preko ramena. Mogla je da se okrene i vrati putem kojim je došla. *„Razumna djevojka bi upravo to uradila,"* govorila je sebi. Nesvjesno je stiskala pesnice. No njezine noge su otkazale poslušnost. *Štaviše!* Pobunile su se.

Dora zakorači unutra.

I negdje, onaj noćni leptir spremao se da prisloni svoja krila uz plamen fenjera.

Nejaka sijalica otužno je zračila svoju svjetlost sa drugog kraja prostorije, bacajući duge sjenke po, od kamena isklesanim, zidovima.

- Oh - Dora prestrašeno dahnu, jer je gotovo naletjela na njega. Zakoračila je unatrag i leđima se nasloni na starinska, daščana vrata od čega se ona zalupiše.

Divno! Sad mu je prepuštena na milost i nemilost. Ta slika, slika onoga šta bi mogao da joj radi, oteža joj disanje.

Njegov intenzivni pogled klizio je njenim licem kao da prstima prelazi preko njega, ispitujući...

Dora obori glavu. Pogled je prikovala za njegovu košulju

na kojoj je nonšalantno raskopčao gornja dva-tri dugmeta. Dovoljno da opazi da su mu prsa prekrivena tamnim maljama. I protiv svoje volje pomisli kako bi bilo osjetiti ih na grudima... *Neželjene misli! Oslobođenje od njih treba!*

- Zašto... - drhtaj u njenom glasu odao mu je o čemu je razmišljala.

Samozadovoljni smiješak lebdio mu je na usnama.

- ... ste ovdje?

- Postalo mi je pomalo zamorno... - zastao je, očigledno tražeći odgovarajuću riječ.

- Slušati Ivanova ulizivanja - ona tiho dovrši njegovu misao. Nesvjesno je polizala suve usne. Taj čin nije prošao neopaženo.

- Tako nekako - muklo promrmlja. - Ali ne želim razgovarati o tvom stricu.

Prečula je njegove posljednje riječi.

- Ipak vas je privolio - sjetila se Gordaninih riječi: - da se upustite u partnerstvo s nji_

- Nije me on privolio - ta riječ mu je zazvučala čudno. Nije je mogao njoj pripisati.

Dora zadrža dah, očekujući...

- ...već ti.

Zaboravila se i upravila oči ka njegovima. U njima oganj plamti. Plaši je njegova snaga.

- Vladimire... - uzdahom pokušava zaustaviti... usporiti... plamenu stihiju. Vrelina njegovih usana ućutkuje je... dah joj oduzima.

- Tako je, srce... - on mumla između poljubaca: - reci moje ime!

Nemoćna je pred navalom strasti.

- Vladimire... - predaje se... razum zatomljava. Ni ono njegovo „*srce*" ne vrijeđa je.

Dora vrisnu kad jednim hitrim potezom je okrenu od sebe. Sklanja joj kosu preko ramena.

- Budi mirna... - mrmlja uz njen ogoljeni vrat dok ona sljepoočnicu uz čvornovato drvo prislanja.

*

U muškom sakou, šivenom po mjeri, Dora klečeći izviri na prozor. Jagodicama prstiju obrisa zamagljeno staklo i zaškilji u, dvjema uličnim svjetiljkama osvjetljeno, dvorište. *Dođavola!* Neko je upravo izašao iz glavne zgrade. Brže-bolje ponovo se spusti na pod i panično, četvoronoške se udalji od prozora. Samo bi joj još falilo da ih neko zatekne zajedno. Polugole.

Njezin ljubavnik ju je gledao u čudu. Fasciniran.

- Nikad više! - Dora prosikta, u žurbi navlačeći svoj kombinezon iza nagorene hrastove bačve koja je služila kao sto.

- Zar sam bio - Vladimir tobože pokunjeno poče: - toliko loš? - Obuzdavao je samozadovoljni osmijeh. Bezuspješno. Ugao usana mu se izvi. Očigledno ga je sve ovo zabavljalo.

- Nije u tome stvar! - Dora se ljutnu. Tražila je nešto po podu, izbjegavajući da ga pogleda. Skrivena iza bujnih lokni ugrize se za usnu. Ni na mukama mu ne bi priznala da je... - Jednostavno, imam planove za svoju budućnost - zastade na tren da bi proizvela dublji efekat: - a u njoj nema mjesta za tebe! - odsječno završi.

- Onda napravi mjesta. - Njezino neprikriveno neprijateljstvo nije ga doticalo.

,,Bandoglavijeg čovjeka svijet nije vidio," Dora frustrirano pomisli.

- Odustaješ li ti ikada?!

Kao da već nije znala odgovor na to pitanje?! Zakoluta očima.

- Kad nešto želim... - Vladimir joj pruži srebrnu baletanku: - ne.

- E pa, već si to dobio - obrecnu se i istrgnu je iz njegove ruke: - stoga možeš slobodno da se posvetiš ganjanju neke druge...

- Nisam - Vladimir značajno naglasi.

- Šta nisi?! - Dora se zabezeknu.

- Nisam dobio ono što želim.

Način na koji je to izrekao dao joj je do znanja da je ovaj put ozbiljan.

Čekala je da joj podrobnije objasni šta je pod tim mislio. Kao da je to naslutio, promjena se odigrala na njegovom licu.

- Hajde, srce, zapitaće se gdje smo nestali. - Ponovo se pretvorio u onog samouvjerenog, prekaljenog zavodnika.

Dora se namršti.

On hitro skoči na noge i, otresavši prašinu sa svog sakoa, nonšalantno ga prebaci preko ramena.

*

Do kraja večeri, Dora je počela sumnjati da je vidjela ranjivost u njegovim krupnim, tamnim očima.

- Za boga miloga, Dora! - ljutita na samu sebe što joj ne izlazi iz glave, prevrtala se u krevetu: - Vujević nije nikakvo nezaštićeno kučence da ga priviješ na grudi... - Ta slika izazva stihiju sjećanja. Nemoćna je pred njima...
Njegove usne na njenim grudima...

Njeni uzdasi dok se zabija u nju...
- To je samo seks! - Vladimir zalupi vratima svog kabineta s takvom silinom da su kristalne boce sa žesticom u kredencu na zidu zazveckale. - Ispušni ventil! - Degradira je. - Mogla je biti bilo koja! - Nešto ga štrecnu u grudima, podsjeća ga da bila je... **Bračićeva!**
Vulgarno opsova, te strgnu razvezanu kravatu i baci je preko naslona kožne fotelje. Pošao je da natoči sebi piće. Kad malo bolje razmisli bolje duplo.
Šta mu je to trebalo? Njegov plan se savršeno odvijao. Ivan mu je jeo iz ruke. Vladimir iskapi oporu zlaćanosmeđu tečnost.
Boje njezinih uvojaka...
Kvragu sve, zar je toliko duboko zabrazdio?! Uz tresak spusti praznu čašu na rub stola od mahagonija. Neće tek tako izgubiti sve ono što je utkano u svaku poru njegovog bića... *zbog jednog lijepog lica!*

- Dobićeš svoju pravdu... - zamućeni pogled upravi u portret iznad kamina.

***

~ *Kad padnu maske...* ~

Kad soko vreba, ptice pjevice zanijeme.
Upravo ta misao prošla je Dori kroz glavu kad je oko podneva sljedećeg dana kročila u polupustu vinariju.
Instinktivno podiže pogled ka Ivanovoj kancelariji, premda svjesna da njezin stric nikad nije umio nametnuti autoritet.
U raspravama s njom bi uglavnom izvojevao pobjedu i to zato što bi ona popuštala. Samo da više ne sluša njegovo zvocanje.
Dora se sumnjičavo stade osvrtati po prostranom predvorju. Prenapregnuta tišina se gotovo dala opipati. Pogled joj se zaustavi na jednom od magacionera u tamnoplavom kombinezonu. Umjesto da pred sobom gura prazna magacinska kolica... *nosio ih je?!* Kao da se pribojavao da bi škripanje točkića moglo privući neželjenu pažnju.
Anita izviri iza polukružnog pulta koji je služio kao recepcija i nervozno joj mahnu pokušavajući da je dozove, a onda je, ne čekajući da joj priđe, skliznula sa svoje visoke barske stolice. Sitnim koracima, dok je u hodu namještala vulgarno zarozanu uzanu plišanu haljinu sa cvijetnim dezenom, na prstima je grabila ka Dori. Predstavljala je gotovo komično otjelotvorenje kafanske pjevačice iz 80-ih godina prošlog vijeka. Dora pognu glavu da se ne nasmije.
U želji da joj noge izgledaju što duže, ili da, pak, dobije barem petnaestak centimetara na visini, Anita je robovala štiklama sa platformom, u kojima su joj noge uvijek bile pod nekim čudnim uglom. Jedva da je uspjevala ispraviti koljena, a da pritom ne tresne pravo na nos. Ali sve za

ljepotu... ili u njezinom slučaju, za prijeko potrebnu visinu. Anita joj priđe sasvim blizu i, ne obazirući se na njen lični prostor, unese joj se u lice. Značajno je pogleda i tek tad ispod glasa prozbori: - Vujević...

Dora se vidno trže na spomen njegova imena.

- ... želi da se smjesta nacrtaš u njegovoj kancelariji.

„Ako misli da ću trčkarati k njemu svaki put kad on poželi, grdno se vara!" Dora odlučno stisnu vilice, mršteći se.

- To su njegove riječi - Anita je pogrešno protumačila njezinu mrzovolju: - a ne moje.

- E pa, gospodin Vujević će morati da pričeka - Dora iznervirano procijedi kroz zube. - Veoma sam zauzeta - rekavši to, okrenu se od Anite i krenu prema staklenim stepenicama. - Ako me bilo ko bude tražio - osvrnu se preko ramena: - to jest, bilo ko, *osim gospodina Vujevića* - otresito naglasi.

- Mislim da me nisi razumjela - Anita je trčkala za njom poput psića.

- O razumjela sam ja veoma dobro - Dora se uhvati za hromiranu šipku spremajući se da zakorači na prvi stepenik. - A sad me izvini, biću u svojoj kancel_

- Vujević je u tvojoj kancelariji! - Anita prigušeno viknu *magične čini!*

I Zemlja stade.

Dorina noga ostade da lebdi u vazduhu... nekoliko sekundi. Polako je spusti.

- To sve vrijeme pokušavam da ti kažem - Anita se upinjala da razjasni. - Bio je ovdje jutros prije svih, a kad je Ivan došao zatvorio se s njim - pričala je kao navijena naslanjajući se na ogradu. - Trebalo je da ih vidiš kad su završili. Naime, Ivan je bio zelen u licu, a Vujević... - tu se još više naže k njoj i prošaputa: - e pa, on kao da se naprasno pretvorio u diktatora. Samo naredbe izdaje. A strah te da ga pogledaš u oči. Kunem ti se nimalo ne liči na onog Vujevića otprije. Da nije lika pomislila bih da se neko drugi izdaje za njega. Čula si za one krađe identiteta... - Tu se njena priča rasplinula.

Sve do tog trena, Dora je pažljivo slušala ovaj monolog. No, s obzirom da je poznavala Anitu, nadala se da bar pola njenog tračerskog iskaza može baciti u vodu.

Pa ipak, činjenica je da je Vujević tu. *Zašto?*

On je trebalo da bude partner iz sjenke. Nije li tako Ivan tvrdio?! Pokušavala se prisjetiti koju je tačno formulaciju njezin stric upotrijebio. *„Ima on svoje poslove, pa što bi se bakćao s ovom mojom vinarijom?! Njemu je ona tek kap u moru."*

Više nije ni bitno. Dora odmahnu glavom da razbistri misli i ču Anitu: - ... dao da mu se raskrči kancelarija do tvo_

- Dobro jutro, gospođice Bračić - osorni glas razliježe se s galerije. Vladimir Vujević je, rikom moćnog lava, obznanio svoje prisustvo.

Dora podiže pogled ka njemu.

S rukama u džepovima izblijedjelih farmerki posmatrao ju je s visoka. Čeličnog lica.

Njegove oči, dotad dječački vedre, uokvirene tamnim podočnjacima, škiljile su u nju kako da je kakav insekt kog se namjerio zatrti.

Izraz gađenja u njima srce joj ledi. Dah usporava...

- Ili bi možda trebalo da vam poželim dobar dan -
Vladimir prezrivo prosikta. - Sad kad ste nas ipak udostojili
svog prisustva.
Boje je sasvim nestalo iz njezinih obraza.
Ona ovog čovjeka ne poznaje!

*

- Ne ide mi u glavu da sam se tako mogao prevariti u
njega! - Ivan se jadao nimalo saosjećajnom, nevoljnom,
slušaocu. - Kako sam samo mogao biti toliko slijep kod
očiju da ne vidim njegovo pravo lice?!
Skutrena u prozorskoj niši svoje sobe u potkrovlju, Dora je
obgrlila savijene noge, brade oslonjene na koljena. Odsutno
je zurila nekud povrh drvoreda tek olistalih platana što su
se nadvijali sa obe strane jednosmjerne ulice u predgrađu.
Stidljivo se dodirujući krošnjama, nalik odveć smjernim
ljubavnicima. Ta slika joj izmami sjetnu grimasu, blijedi
ostatak smiješka. A smiješiti se više neće... *nikada.* Prazna
je iznutra. *Ljuštura!* Uostalom, tako se osjećala. Nije mogla
oprostiti sebi što je zaslijepljena Vladimirovom fasadom
drskog zavodnika, na tren izgubila smjernice i, kao kakva
glupača... *voćna mušica!* uletjela pravo u, pažljivo
osmišljenu, paukovu mrežu od obmana.
Ivan podiže glas, proklinjući čas: - ... kad sam doveo u
svoju vinariju tog kurvinog sina!
Dora, prvi put, okrete glavu ka svom stricu. Poražen,
obraza upalih, pogrbljenih ramena kao da je sav život
istisnut iz njega, stajao je nasred njezine sobe. Ivan podiže

ruke i trenutak jedan Dora pomisli kako će, poput epskih tragičnih heroina, početi čupati kosu. Ili bi je bar čupao da je ima na pretek. Ivan u vazduhu stisnu prazne šake.

- A ti - tad ka njoj usmjeri sav svoj nemoćni bijes: - kako možeš mirno gledati iz tog tvog staklenog zvona - prezrivo je ošinu pogledom u njezinom skrovištu: - dok gubimo sve ono što su Bračići decenijama stvarali?!
Kako se usuđuje da krivi nju, a jedini pravi krivac je on i njegova lakomost na Vujevićeve milione?!
Bilo je to više nego što je ona mogla podnijeti. Krv joj je ključala u venama. Dora prvi put poželi da mu saspe u lice sav jed koji ju je nagrizao. Da vrišti iz sveg glasa.
„Dabogda izgorjela do temelja tvoja ljubljena vinarija!"
No na vrijeme se suzdržala. Postoji bolji način slutila je.
I sva ozloječenost koju je godinama potiskivala slila se u jedno, tobože nedužno: - Reci mi, striče, da l' bi sad trebalo da trepćem okicama pred... - spremala se baciti mu u lice njegove riječi: - *„milim Vladimirom"*?
Figurativno mu je mahnula crvenom zastavicom pred očima.
Ivan je širio nozdrve poput razjarenog bika. Vulgarno je opsova, usporedivši je sa ženkom psa.
Nije se uvrijedila. Zapravo, bio je to jedini iskreni izliv osjećanja koji je od njega dobila. Nije više bilo pretvaranja.
Trenutak kasnije, Ivan zalupi vratima za sobom.
Maskarada je gotova.

***

~ Vitez i nevjerna žena ~

Dora je odsutno prčkala viljuškom po tanjiru. Jedva da je i zalogaj okusila, od onog što je zacijelo bilo izvrsno jelo u jednom od njezinih omiljenih restorana morske hrane. Nakon osam sati provedenih u nervnom rastrojstvu, takođe poznatom i kao cijeli jedan radni dan... *sa Vujevićem!* gubitak apetita joj je bio najmanja briga.

Saznanje da je to tek početak njezinih muka ostavilo joj je gorak okus u ustima.

Iz nekog samo njemu znanog, perfidnog razloga, Vladimir se uselio u kancelariju tik do njene. Ako se to uopšte mogla i nazvati zasebna kancelarija s obzirom da su dijelili ulaz u nju. Dugačka prostorija u obliku izvrnutog slova L bila je pregrađena kliznim, zamućenim mliječnom bjelinom, staklenim vratima na gipsanom zidu. Vladimir je zauzeo kraći krak, a to je ono što će joj, nije ni trenutka sumnjala, pretvoriti život u pakao. Naime, svaki put kad bi poželio izaći, što mu se prečesto dešavalo, već prvog dana je otkrila, morao bi proći pored njenog stola.

A kako onda da se usredsredi na odrađivanje bilo čega kad joj on tako paradira pred očima. *Pedeset jebenih puta dnevno!*

Bilo je to ravno mučenju!

Dora potonu u stolici i glasno odloži viljušku na tanjir.

- Nešto nije u redu? - Kristijan se nagnu ka njoj nad malim četvrtastim stolom, zastrtim retro stolnjakom na teget i bijele pruge. Mornarski ambijent upotpunila je maketa jedrenjaka u boci koja je služila kao centralna dekoracija. - Mislio sam da ga voliš.

- Volim ga... - Dora zamišljeno promrsi sebi u bradu.

- Možda u tome i jeste problem - porazno dodade i sleže ramenima.

Kristijan nabra obrve u čudu. - Ne znam kako činjenica da voliš lososa može da bude problem?

Šta ona to govori?!

Dora naglo uspravi leđa kao da joj je umjesto kičme metalna opruga i pritom obori crvenu kožnu kutijicu, Kristijanov preuranjeni rođendanski poklon njoj, kog je ranije te večeri odložila na obod stola. Nagonski se sagnu da je dohvati samo da izbjegne njegov upitni pogled. Kroz kaskadu uvojaka boje ćilibara krajičkom oka spazi Kristijana kako ustaje i... Sve se zbilo u djeliću sekunde!

Kristijan kleknu kraj njenih nogu. Dora se u trenu umiri. Bezmalo je prestala i da diše. Širom otvorenih očiju zurila je u njegovo savršeno mirno lice.

Svud oko njih nastade tajac i gosti sa susjednih stolova počeše, kao po komandi, da se okreću ka njima.

Iščekujući...

- Mislim da vjeruju da te prosim - Kristijan se podsmijehnu sebi u bradu i pruži joj kutijicu na dlanu.

Dora se nelagodno osvrnu po prigušeno osvjetljenoj prostoriji, idealnoj za takve romantične poduhvate.

Lica stranaca fiksirala su je pogledom, neki su čak, nimalo diskretno izvirivali iza kamenog, grubo isklesanog stuba, ne želeći da im promakne čas kad bude pristala.

Želudac joj se okrenu.

Morali bi čekati dovijeka, snobovski prezrivo pomisli, jer

ni ona ni Kristijan ne vjeruju u brak. *Prevaziđena institucija!* Savršeno su se slagali po tom pitanju... dva cinika.

Dora odvrati pogled.

- Moram priznati da sam se već pomalo ukočio ovdje dolje - Kristijan se tobože ljutnu, vraćajući je u stvarnost. Pronašao je nekakvu neobjašnjivu fasciniranost situacijom u kojoj se, sasvim neočekivano, obreo. Na koljenima, pred izabranicom svog razuma, a ne srca, kog je smatrao tek organom za pumpanje krvi i koje kao takvo nije imalo nikakve veze sa osjećanjima.

Dora se ogledala u njegovim vedrim neboplavim očima. Zvijezde se u njima sjaje. Nažalost, ne viđa ih često.

- Stoga, mogla bi je prihvatiti - potaknu je, jedva suzbijajući smijeh. Već je titrao u uglovima njegovih usana. - Onda šta kažeš? - upitno podiže obrve.

- Da, naravno - Dora se usiljeno nasmiješi i uze pruženu joj kutijicu.

Svud oko njih zaori se aplauz.

Kristijan ustade i, bez ikakve pompe, vrati se na svoje mjesto sa druge strane stola. Ponovo savršeno uglađen, racionalan.

Nekakvo komešanje udnu montažnih stepenica privuče mu pažnju. Namršti se. - Nije li ono Vujević?

Dora se štrecnu. Manje bi se užasnula da ju je u tom času ošamario!

Od svih restorana u gradu, on je morao ući baš u ovaj! Doduše, ne bi se iznenadila da je to smišljeno uradio. Čvrsto je stiskala prste oko kožne kutijice, zamišljajući umjesto nje Vujevićevo srce, dok nije osjetila kako joj se njene ivice usjecaju u dlan. Žigošu je.

- Čini mi se da te je vidio - Kristijan suvo primijeti, potpuno nesvjestan bure koja se dizala u njoj.

Šta još može danas da je strefi, bijesno se pitala. *Da se spontano samozapali?!* Začudo, ta slika izazva talas morbidnog zadovoljstva u njoj. Kako sada stvari stoje to bi vjerovatno predstavljalo spas od haosa u koji se pretvorio njezin život od kako je on ušetao u njega.

- Evo, sad baš gleda u našem pravcu - Kristijan nehajno posegnu za čašom bijelog vina i otpi gutljaj opore tečnosti.

- Nešto se raspravlja sa...

„Oh, hoćeš li već jednom prestati da ga spominješ?!" Dora se nervirala u sebi, čvrsto riješena da ne poklekne znatiželji i osvrne se preko ramena. A Kristijan joj nimalo ne olakšava. *„Ne treba mi da budeš radijski komentator fudbalskih utakmica!"*

Dora se svim silama trudila da zadrži, okameni na licu, prezrivo nezainteresovan izraz. *Ne haje šta Vujević radi!* Sve dok se Kristijan ne naže preko stola ka njoj i ispod glasa reče: - Idu ovamo.

Oni?!

Njen mozak jedva da je stigao da obradi tu informaciju kad se kraj njihovog stola zaustavi Vladimir Vujević u pratnji, dah joj zastade, oličenjem Botticellijeve Venere. Samo crnokose.

Znala bi šta da misli da je u pitanju nekakva plastična barbika, ali ovako...

- Vlado, zar nas nećeš upoznati? - crnka procvrkuta i

iskosa pogleda njegov strogi, neumoljivi, profil. Kad se nije ni pomjerio, ljutito stežući vilice, ona zakoluta očima.

- Vidim da mi još nisi oprostio. - Zatim upravi sjajne, srneće oči ka Dori. - A mi smo, kao, sklone durenju - zatrese glavom i alke u njenim ušima zasvjetlucaše. - No, izgleda da ću ipak morati sama da se predstavim - te pruži ruku Dori... srdačno, prijateljski, kao da su stare znanice.

- Ja sam Luča Vujević...

Svaka kap krvi napusti Dorine obraze. Čula su joj otupila. *Ne može biti oženjen!* Buči joj u glavi. Bol ju je zaslijepila. Pred očima joj titraju razlivene boje. Nazire tek isječke govora... riječi bačene joj u lice.

...Vlado... mala Bračićeva... Vitez. Kristijan Vitez... Luča Vujević, drago mi je...

***

~ *Intermezzo* ~

Vitez kleči pred skutima svoje gospe.
Ta slika u prsima mu spoji ubilački bijes i ljubomoru.
Zapaljiva kombinacija! Tek jedna varnica bješe dovoljna, *sjaj u njenom oku za drugoga,* da sve pretvori u buktinju.
- Samo preko mene mrtvog ćeš se udati za tog...
piskarala! - kroz zube procijedi obećanje i žustro pritisnu papučicu gasa.
U sitne sate njegov sportski automobil jurnu zavojitom cestom opasno blizu ivici provalije.
Oni koji su poznavali Vladimira Vujevića zakleli bi se da nikad ne bi digao ruku na sebe.

***

~ Otmica vitice ~

Prvi zraci zore stidljivo su provirivali kroz polupane grilje. Boje na njima sasvim je nestalo, te su sada nalikovale na nehajnom rukom sklepane letvice trulog drveta.

Odavno više nema onih što su ovo mjesto zvali domom. Vladimir neodlučno zastade na kamenom stepeniku koji se spuštao ka uskoj pravougaonoj sobi. I poslije toliko godina stara kamena kuća u kojoj je proveo najranije dane svog djetinjstva ispunjava ga jezom. Pogledom tek letimično preleti preko masivnog ormara od punog drveta čija su jedna vrata pala sa gornje šarke, te preko iskrzane, moljcima načete, tkane krpare u podnožju... Disanje mu se ubrza i prve graške ledenog znoja pojaviše mu se na čelu. Bračni krevet avetinjski je zjapio ogoljen. Odnijeli su madrac... Vladimir nadlanicom obrisa zakrvavljene oči i glasno dahnu.

Godinama se u njegovim košmarima ružičastim plišom tapacirano uzglavlje prijeteći navijalo nad njim.

Kako mu je maleno sad izgledalo!

Nekakva loza širila je preko njega svoje krake poput pipaka džinovske hobotnice. Mora da je pronašla pukotine među kamenim blokovima. Na zidu među kracima ove nemani nešto zatreperi zlatnim sjajem.

Razbijajući sablasnu tišinu podne daske, željne ljudske noge, pod njegovim stopama zacviliše u znak dobrodošlice. Niko ovuda nije kročio otkako je policija zapečatila kuću. Mjesto nezapamćenog zločina...

Ruka mu zastade u vazduhu kad je izbliza otkrio šta

zelenilo skriva.

Jednu, prevelikom ekspozicijom i zubom vremena, izbledjelu fotografiju s vjenčanja u kitnjastom metalnom ramu. Vladimir razgrnu meke listiće i jagodicu palca raskrvari na ogrubjeloj metalnoj pozlati. Instinktivno ga trže i prinese usnama. I bujna vegetacija ponovo prekri ono na šta je polagala pravo. Na lik smjerne mlade sjenka se još jednom nadvi.

- Oprosti mi... - vlažnim usnama promrsi.

Duboko u sebi je znao da ju je iznevjerio, pa ipak...

Iznebuha odnekud spolja prigušeni tresak razbijanja stakla trže ga iz zanosa.

*

Dora se promeškolji u mekoći postelje. Prožimao ju je neobičan osjećaj bestežinskog stanja, kao da lebdi na oblaku. Kroz sklopljene vjeđe nazirala je blještavilo sunca.

Nije se valjda uspavala!

Zaista joj nije trebao još jedan okršaj...

Tromo se okrenu na leđa.

... sa Vujevićem.

Dora zaškilji ispod otežalih kapaka, pokušavajući da se fokusira na...

Nisku tavanicu ispresijecale su izložene grede boje turske kafe.

Gdje se to nalazi?

Mamurno se pridiže na laktove. Jeziv predosjećaj uvlačio joj se u prsi kad opazi da nosi ispranu sivo-bijelu kariranu košulju. Gornja dugmad bila su raskopčana sve do usjeka između njenih čvrstih grudi. Instinktivno zaviri pod košulju.

Neko joj je skinuo grudnjak!

Iskobeljala se iz kreveta, što je brže mogla s obzirom da taj čudan osjećaj malaksalosti nije popuštao.

- Bila sam u kancelariji - poluglasno promrmlja i drhtavim prstima prođe kroz umršene uvojke. Koračala je duž uskog prolaza između kreveta i kamenog zida kao zvijer u kavezu dok je nastojala da u glavi rekonstruiše čega se posljednjeg sjeća. - Spremala sam se da krenem... kad se on vratio... sa mirovnom ponudom... - zastade u pola koraka u tom času otkrovenja.

Mirovnom ponudom?

Da, tako je rekao kad joj je pružio kapućino za ponijeti.

- Ne... - odlučno odmahnu glavom: - ne bi se usudio...

Tad joj u misli pohrliše slike njegovog prepredenog smiješka dok je poslušno ispijala kapućino kao kakva glupača. Dora bijesno zareža. Opet je pala na šarm tog vuka u ovčijoj koži.

Zar nikad neće naučiti?

No sad nije bio trenutak za samoprijekore. *Mora što prije da ode odavde.*

Uostalom, kakvo je ovo mjesto?

Dora se osvrnu oko sebe. Ambijent ju je neodoljivo podsjećao na stare kamene kuće na primorju preuređene u etno hotele. Mora da je neki takav pronašao svoje mjesto na nepreglednoj ravnici izvan grada. Pažljivo stade osluškivati.

Osim jednoličnog zova gugutki, ništa se nije čulo.

Ako i jeste hotel, posao im očito ne cvjeta.
Sa drvene škrinje prekrivene vezenim čaršavom zgrabi svoje pantalone i u hodu ih stade navlačiti.
Nagnula se da kroz namreškane čipkane zavjese baci pogled na spoljašnji prostor.
Šok prostruja njezinim tijelom kad umjesto pitome ravnice shvati da zuri u negostoljubivi krš vrletne klisure.

Naslonjen na dovratak nekoliko trenutaka ju je neopažen posmatrao.
Klečala je pored prozora i skupljala kristalnu srču s poda.
Starinski bokal za vodu sa komode stradao je u izlivu bijesa...
Ugao usana mu se trže.
... njegove divlje zvjerčice!
Sunčevi zraci su se presijavali u njezinoj kosi boje meda.
Žudio je da umrsi prste u svilenkaste kovrdžice...
 - Šta si mi dao? - ne podižući glavu ledenim glasom ga prenu.
Zamagljena pogleda, kao neko koga su tek probudili iz dubokog sna, Vladimir se zagleda u svoju stisnutu pesnicu.
 - Dora... - hrapavo promumla.
 - Želim znati šta si mi sipao u kapućino? - osovila se na noge i sa šakama punim stakla pođe ka vratima.
Tvrdoglavo je ćutao.
 - Odgovori mi! - izdrala se.
Jedna riječ s njegovih usana, zaprepastila ju je. Istina je bila gora nego što je mogla i da zamisli.
 - Droga za silova_ - jedva je uspjela da promuca.

- Nisam te silovao! - nestrpljivo joj upade u riječ i koraknu k njoj sa ispruženom rukom. Ugledavši prezriv izraz na njezinom licu, neodlučno zastade. - Samo... - nervozno provuče prste kroz kosu kao da ne zna kud bi s njima. - Samo sam te donio ovamo.

- Samo to - Dora cinično procijedi i odgurnuvši ga ramenom ode da baci krhotine u kantu kraj vrata.

- Daj da ti objasnim...

- A sad ako si završio sa ovim igrokazom - svjesno je odabrala da prečuje njegovu molbu: - bila bih ti zahvalna - usne joj se izviše u grimasu: - da me uputiš do najbliže autobusne ili željezničke stanice. - Ili - okrenula se da pođe: - koje god prevozno sredstvo da prolazi kroz ovu zabit - odmahnula je rukom, afektirajući. - Ne biram.

Iskoristio je priliku i nimalo nježno uhvatio je za mišicu.

- Dora, stani!

Ma koliko se otimala nije je puštao.

Otpor njezinog tijela samo je pojačavao njegov stisak.

Ovako ništa neće postići. Prejak je za nju.

Dora se umiri. Dopustila mu je da je privuče još bliže sebi, sve dok nije sasvim prijanjala uz njegovo, kao od mermera, isklesano tijelo. Na tren sklopi oči udišući njegov miris. Još uvijek ju je činio slabom. Vladimir zavuče ruku pod njenu košulju... tako slabom...

Ako uskoro ne učini nešto rizikuje da načini još jednu kobnu grešku s njim.

- Vrati se ženi - jedva čujno, uzdah joj zatreperi.

- Ali ja sam sasvim zadovoljan ovdje -Vladimir se grleno zasmija uz nježnu kožu njezinog vrata. - Zar ne osjećaš...

- Luča ovo ne zaslužuje - zagrcnula se.

Ta izjava bila je efikasnija od kofe hladne vode.

Vrelina je izbijala iz svake pore njezinog tijela kad se sporo povukao od nje. Oborena pogleda okrenuo joj je leđa. Ostavio je u zagrljaju ledenog kamena.

Dora poluglasno uvuče vazduh između drhtavih usana.

Nećeš se slomiti pred njim, prokleta bila!

Nekoliko puta prenaglašeno je zatreptala da razbistri vid.

Od požudom proženog trenutka... Zauvijek nestalog... Od gubitka onoga što nikad i nije bilo njeno...

Trže se kad do njenog uha doleluja njegovo promuklo, gotovo nečujno: - Lučin otac i moja majka su... - duboko uzdahnu: - *bili su...* - ispravi se: - brat i sestra. - Preko ramena se osvrnu ka njoj, kao da očekuje da vidi njezinu reakciju na ovo saznanje. No, ona je izostala. Njezino lice bilo je mirno poput jezerske vode. Ne opaža šta se pod površinom krije.

Vladimir se sagnu da odgurne vezeni čaršav sa starinskog sanduka podno kreveta. Umorno sjede na godovima istačkanu površinu borovog drveta koju je patina već potamnila.

Luča mu je sestra...

Dorine smušene misli u vrtlogu se kovitlaju.

U njima Vladimir i Luča... ruku pod ruku one večeri...

Lučini tobožnji prijekori... neizmjerna ljubav u njezinim srnećim očima dok cvrkuće mu ime od milja...

Zar ne bi svako pomislio isto što i ona tada? *Da ljubavnici su...* Vladimir i Luča Vujević... *bračni par!*

Dora nervozno nadlanicom protrlja čelo. Njen britki um

umrtvljen je... trom. Mora da još uvijek osjeća posljedice sedativa... ili onog što se zbilo među njima prije samo nekoliko minuta.

... *od ujaka!*

Na tren se umiri. I ruka joj zastade u vazduhu.

Čekaj malo...

- Vujević! - konačno prodahta.

Vladimir upitno upravi lice ka njoj.

- Bože, koja sam ja glupača! - korila se, vrteći glavom.

Načinila je par koraka... do središta sobe. Sučelice njemu. Da pruži ruku mogao bi je dotaknuti.

- Nisi mogao da smisliš neku uvjerljiviju priču? - Dora zaledi svoj prezrivi pogled na njegovom licu. - Jer ja nisam jedna od onih perspektivnih starleta - ispljunula je te riječi s gađenjem: - koje bi povjerovale u bilo koju laž sa tvojih usana!

Zurio je u nju iskreno zbunjen kao da pita *„o kakvim starletama ti to govoriš?!"*

- Od ujaka pa Vujević?! - Dora prosikta.

Njegova bijela polo majica nije mogla prikriti da su mu se ramena u tom trenu ukrutila.

- Ah... - tek je uspio izustiti.

Njegova bolna istina samo što nije izašla na vidjelo.

- Ah! Samo to mi imaš reći! - obrecnu se. - Luča ne može biti Vujević ako ti nije...

- Vujević je prezime moje majke... - porazno priznaje.

Prekasno je za tajne! - I Lučino prezime... *ne moje.*

Spremao se odati joj ono što nikom prije nje nije.

- Lučin otac, moj ujak, usvojio me je kad mi je bilo četiri

godine nakon... - glas mu zadrhta: - nakon smrti mojih roditelja. - Vladimir duboko uzdahnu kao da se bori za vazduh među zidovima što ga pritišću. - Hajdemo odavde! - iznebuha grunu i ne čekajući njezin pristanak uze je za ruku i povede napolje.

***

~ *Drugi intermezzo (Vladimirovo nasljeđe)* ~

~°~°~°~

Ona spava
sa niskom rubina oko vrata.
Otvorenih očiju zauvijek sniva
lažnu ljubav prevaranta.
Grudi od alabastera
mjesečina joj cjeliva.
Lahor širi željeza miris.
De Profundis.

~°~°~°~

Dora nepomično zuri u plavu metalnu tablu sa logom Vinarije Bračić. I u donjem desnom uglu, ništa manje upečatljivo, ime vlasnika vinograda. *Ivan Bračić*

- Zaveo ju je da bi se dočepao ove zemlje - Vladimirov hrapavi šapat trže je iz misli. - *Moju mati* - muklo pojasni.

- Jesi li sve ovo - Dora odsutno pokaza prstom na prazan prostor između njihovih tijela kao na nešto opipljivo:
- isplanirao kako bi se osvetio mom stricu? - Morala je da zna.

- Misliš li da mi je bilo potrebno *sve ovo* da bih uništio Ivana? - Podsmijeh mu je okrznuo ugao usana. - Jeo mi je iz ruke, a ti... ti si bila - umorno je uzdahnuo: - distrakcija. Dora se namršti. *Distrakcija!* To svakako nije željela čuti. Koja zaljubljena žena bi? Nekoliko puta prenaglašeno zatrepta da razbistri vid.

- Šta joj se dogodilo? - potrudila se da promijeni temu.
- Tvojoj majci, mislim.

- Ubio ju je.
- *Ivan?!* - zaprepastila se.
- *Kao da jeste!* -ispljunuo je te riječi sa predugo potiskivanom mržnjom.
- Tvoj otac - bila je više tvrdnja nego pitanje.

~°~°~°~

Zora rudi.
Ogoljena greda.
Stolica pada!
Klatno zidnog sata.

Vladimir se trže kad osjeti drhtav dodir njenih prstiju na svojima. Kraj njega stoji. Utočište od sjena prošlosti mu pruža... **Mala Bračićeva.**
I u tom trenu grom gnjevno zaurla poviše njihovih glava.
Kao da ga ispravlja. ***Tvoja!***
Njezin vapaj „*Vladimire*" da nadglasa hučanje iznenadnog pljuska grudi mu nadima. Sve brane popuštaju... *utopiće se ako je ne prisvoji.*
U mekoću njezinih podatnih usana mrmlja obećanje za kojim žudi: - Udaj se za mene!
Dora se ukruti.

***

~ *La Belle Dame sans Merci** ~

Nekoliko nedjelja kasnije

Vladimir Vujević kupio vinograde Vinarije Bračić! Ivan Bračić bankrotirao!
Te i slične vijesti danima su punile novinske stupce.

Vladimir nehajno odloži novine na ulaštenu površinu svog masivnog radnog stola od mahagonija i zavali se u smeđu kožnu Chesterfield fotelju. Sa naslovnice ga je posmatralo gotovo neprepoznatljivo lice Ivana Bračića. Neobrijan, upalih obraza izgladao je kao da je preko noći ostario dvadeset godina.

- Dobila si svoju pravdu - Vladimir sjetno prošaputa zidu iznad mermernog kamina na kom je do nedavno visio avetinjski portret njegove majke. Godinama je nijemo zahtijevala osvetu nad Bračićima.

Na kraju, nije je iznevjerio.

Lice Ivana Bračića poprimilo je sivu boju pepela kad mu je, u njeno ime, zadao završni udarac. U pokušaju da spasi svoju dragocjenu vinariju, što je već tada bilo ravno zapušavanju rupe na brani prstom, Ivan je bio primoran da mu u bescijenje proda zemljište na kojem je zasadio vinograde. Zemlju njegove majke.

Previsoku cijenu si platio... učini mu se da odnekud dopire nečiji optužujući šaptaj. No to je samo kiša uporno rominjala pod prozorom.

Trebalo bi da slavim, čitavo veče je uzaludno podsjećao samoga sebe. Zlaćana tečnost u rezbarenoj kristalnoj čaši presijavala se pod nejakom svjetlošću mesingane stone lampe.

Boje njezinih uvojaka.

Nešto ga stegnu u grlu kad u misli nesvjesno prizva Dorin lik.

Rekla je Ne.

U gotovo mahnitom pokušaju da je izbriše iz sjećanja, u jednom halapljivom gutljaju iskapi viski i iz zaključane ladice radnog stola izvuče crni notes. Njegovu crnu knjižicu. Bjesomučno stade listati stranice ispunjene brojevima telefona svih onih djevojaka s kojima je tokom godina ukrstio pute, odlučan u namjeri da pozove nasumičan broj samo da, bar na jednu noć, zaboravi. *Da je ona rekla Ne.*

Vladimir se naže i zgrabi telefon sa ruba stola...

- Znala sam da ćeš se konačno dozvati pameti i nazvati je - Luča je, kao i obično, bez kucanja, ušla u njegov kabinet sigurna u dobrodošlicu.

- Dobro veče i tebi - odabrao je da prečuje njezinu primjedbu. Već danima ga gnjavi da potraži Doru.

- Onda? - nije odustajala.

- I šta da joj kažem? - Vladimir se obrecnu.

- Reci joj da je voliš, ti tvrdoglavi... - Luča zareža: - *tikvane!*

- Ljubav pobjeđuje sve... - Vladimir sarkastično procijedi i prinese praznu čašu usnama.

Taj čin nije prošao nezapaženo.

Luča ljutito stisnu usne u dvije tanke linije.

- Umjesto toga ćeš se ovdje nalivati alkoholom

nesposoban da priznaš da ti je mala Bračićeva...

- Mala Bračićeva je izabrala! - zaurlao je poput ranjene zvijeri. Ne znajući kud bi sa sobom, a najradije bi iskočio iz kože, Vladimir odgurnu fotelju pod sobom tako da je udarila u zastakljenu antikvarnu vitrinu i ode do prozora. Zamagljena pogleda zagledao se u zastor od kiše spram ulične svjetiljke.

- Vratila se onom beskrvnom piskaralu - porazno promrsi svom odrazu na staklu.

I to nakon što joj je otvorio svoje srce! Ljubomora ga je gušila. Vladimir olabavi dotad uredno vezanu kravatu i raskopča dva gornja dugmeta na košulji. *Zaprosio ju je, za boga miloga!*

„Ne," prošaputala je na njegovim usnama onog dana u vinogradu.

Samo to. *Ne.*

Ta jedna riječ ranila ga je do kosti.

Ne. Odbila je čak i njegovu ponudu da je vrati kući. Otišla je vozom.

Ne. Uvijek Ne!

Njemu Ne!

I onda ju je danas, sasvim slučajno, ugledao na stepenicama pred crkvom, svu u bijelom sa cvijetom u kosi. Nasmijanu, srećnu, okruženu prijateljima... Ruku pod ruku sa njezinim Vitezom.

Čuo je zatvaranje vrata. *Odlično!* Luča je konačno shvatila da mu je dosta njezinih pridika za jedno veče.

Okrenuo se i... Slika anđela u bijelom pomutila mu je razum.

Njezino *Vladimire* sva čula mu otupi.

„Ovo je njena bračna noć!," bučalo mu je u glavi. Pa ipak, pred njim stoji u svojoj lepršavoj vjenčanici preko koje je nosila crnu kožnu jaknu.

- Šta ćeš ti ovdje? - promuklo zareža, fiksirajući je pogledom.

Dora ustuknu od onoga što je ona protumačila kao izraz otvorenog neprijateljstva.

Zar je mislila da će je dočekati raširenih ruku? U mislima se podsmijehnu samoj sebi.

Nju! Malu Bračićevu!

Nikad mu ništa drugo nije bila!

Sem distrakcija!

Nije li tako rekao onog dana u vinogradu?

Dora jetko stisnu usne u dvije tanke linije.

- Dora?

Trnci prostrujaše njezinim tijelom kad na sljepoočnici osjeti titraj njegovog vrelog daha.

- Zašto... si došla? - Vladimir promrmlja u mekoću njezinih uvojaka, halapljivo udišući njen miris pomiješan sa mirisom dima i viskija u njegovom dahu.

- Vladimire... - izdajnički uzdah vinu joj se s usana.

- Tako je, ljubavi... - on prodahta i, jednim hitrim pokretom, podiže je u naručje: - reci moje ime.

*Da zaboravi da je drugome rekla **Da.***

*

Miris kiše dopirao je kroz otvorena balkonska vrata Vladimirove spavaće sobe.

Dora oprezno skloni njegovu tešku ruku, prebačenu preko njezinog struka i razgrnu crni satenski čaršav sa sebe.

Išunjala se iz postelje, zaogrnuta tek plavičastim sjajem mjesečine. Nalik balerini, pope se na prste i podiže ruku da otkači tanušne niti zavjese, što ih je povjetarac umrsio oko metalne kvačice na vrhu dovratka.

- Dozvoli meni...

Pretrnula je od nježnog šaptaja kraj samog uha joj.

Vladimir pruži ruku preko njene i jednim spretnim pokretom oslobodi koprenu od svile.

Poput dva dijela slagalice koji savršeno naležu jedan na drugi, tako je i ovo dvoje obnaženih ljubavnika savršeno prijanjalo jedno uz drugo. Njegova prsa uz njezina leđa...

Otići će!... Grudi mu razdire.

Cijelim tijelom se oslanja na njega. Njegova ruka čvrsto... *posjednički...* obujmi je oko struka.

Zadržava je!

Njegovi prsti pronalaze put u njezinu vlažnu mekotu.

Draži je...

Misao jedna, poput lopova, ušunja se u najdublji kutak njezinog, požudom omamljenog, uma i odatle šapnu

Ostavlja te...

Znalačka igra njegovih nestašnih prstiju najednom usahnu.

Umirio se kao da je neko pritisnuo prekidač u njemu.

Strasti je u treptaju oka nestalo.

Dora osjeti gotovo fizički bol kad odvojio se od nje.

Zadrhtala je kad ponoć joj, britvom svoga daha, pomilova grozničavu kožu leđa.

Vrelina njegovog isklesanog tijela nasušnom potrebom joj

postaje dok u polutami zuri u njegov tamni obris kako se udaljava od nje.

- Kad moraš da se vratiš... - preko ramena je pita dok saginje se da pokupi nešto s poda. Kao da je teška čitavu tonu, Vladimir tromo podiže njezinu haljinu i s njom u ruci ode do podnožja kreveta da sjedne.

Dora otvori usta pa ih ponovo zatvori. *Kako da mu kaže da bi ostala... zauvijek!... ako je želi.* Dorin pogled pade na njegove prste kako grčevito gužvaju vazdušasti til njezine haljine. Skoro da je očekivala da joj je baci u lice.

Ti isti prsti su prije samo par trenutaka nježno milovali njezin...

- ... svom Vitezu? - on muklo dovršava.

I Zemlja je na čas stala!

Da ju je ošamario u tom trenu, manje bi se iznenadila.

- *Kojem mom Vitezu?!* - Dora gotovo zavapi kad je prvobitni šok uminuo.

- Vidio sam vas danas... - Vladimir umorno uzdahnu. *Ili je to bilo juče?* Kroz glavu mu prođe banalna misao o protoku vremena.

- Ne znam šta misliš da si vidio... - Dora zatrese glavom.

- ...*pred crkvom* - Vladimir naglasi, kao da će time sve razjasniti.

Nije porekla, za srce ga ujede.

Negdje, duboko u njemu, sve do tog trena tinjala je nada, ma koliko slabašna... *iracionalna!...* bila da ona nije...

- Njemu si rekla *Da* - porazno promumla.

On misli...

Dora prisloni nadlanicu na usne u tom trenu otkrovenja.

Nije znala da l' da plače il' se smije. Najradije oboje!
Plašeći se da će je glas izdati, u tišini je prešla zanemarivu razdaljinu između njih.
Vladimir zadrža dah kad Dora kleknu između njegovih nogu.
I onaj autonomni dio njega spremno odreagova.
Sjela je na pete i upravila lice, obasjano mjesečinom, ka njegovom.

- Raskinula sam s njim istog dana kad sam otišla od tebe.
Vladimir glasno uvuče vazduh kroz stisnute zube. Ponovo je mogao da diše.

- A jedini razlog zbog kojeg sam ga vidjela juče bio je taj što smo oboje prisustvovali vjenčanju zajedničkih prijat_
Vladimir silovito posegnu za njom ne dozvolivši joj da dovrši misao. Previše su vremena izgubili.

- *Udaj se... onda... za mene* - mrmljao je između poljubaca.
Dora grleno zaječa: - *Ne...*

- *Udaćeš se... za mene* - tjerao je po svom, privlačeći je sve bliže sebi kao da je nastoji upiti. Pokoriti svojoj volji.
„Bandoglavijeg čovjeka svijet nije vidio!," po ko zna koji put ta misao joj prođe kroz glavu.

- *Pitaj me...* - Dora promrsi na njegovim tvrdim, zahtjevnim usnama: - *hladne glave... i možda ću reći...* - dahnula je riječ za kojom je žudio: - ***Da***.
I ona osjeti kako se samozadovoljno nasmiješio.

KRAJ

Ledena kraljica

Nadobudni... nesuđeni... udvarači njeni... prognani van zidina ledom okovane tundre... njezinih grudi! ranjenog ega šapuću međ sobom: ,,*Sigurno je lezbijka, nema šta!*" Besmislice!

Doduše, Lana Serdar zaista prezire muškarce. Za nju više ne postoje! Jedan joj ih je ogadio za sva vremena!

,,*To što te je on povrijedio, ne znači da treba sve da ih trpaš u isti koš!*," govorile su joj prijateljice, kolutajući očima nad njenim samovoljnim celibatom.

Ali Karlo je nije samo povrijedio... o ne! Njegova izdaja je maestralno zatrla njenu vjeru u ljude. Osobito one sa XY hromozomima.

Jutrom, bunovna... snena... dok se još nije ni rasanila... prva misao na usnama bi joj bila: ,,*Mrzim ih...*," mantra. *Zbog njega!*

Uveče, iznurena od posla kojim se zatrpavala da ne bi imala ni trenutak slobodnog vremena da razmišlja... *zaboravi!*, dok sanak drhtavo leluja na njenim otežalim kapcima, prošaptala bi: ,,*Mrzim ih...*," na jastuku. *Zbog njega!*

I tako već pet mjeseci... sedamnaest dana i... Lana letimično baci pogled na ručni sat, jedini nakit koji je za večeras odabrala... *deset sati.*

- Negdje treba da budeš? - dubok, požudom nabijen glas, kao da prede, zavibrira joj duž ivice ušne školjke.

Tik iza nje stoji u, intimno osvjetljenoj, svojoj hotelskoj sobi, Arpad Baumgartner, bivši vozač Formule 1. Dlanove je položio na njene bokove kao da u rukama drži volan prvoklasnog bolida.

Lana kruto zaniječe.

- Dobro onda... - on mrmlja dok ovlaš prelazi usnama duž nježne kože njezinog vrata: - zaboravi na vrijeme.

Iz diskretno postavljenih niša sa svake strane uzglavlja, dvije retro lampe urešene niskama kristala na satenu njezine krvcrvene haljine stvaraju odbljeske. *Iluzorne... Neuhvatljive...* Pred njegovom rukom se povlače naviše i rastaču se na mliječnoj bjelini kože.

Lana zadrža dah kad njegovi prsti nestadoše pod namreškanom tkaninom nisko sječenog V-izreza ispod kojeg nije nosila ništa. Obujmljuje joj dojku. Savršeno pristaje njegovom dlanu.

Ona sklapa oči. Prepušta se njegovim dodirima i čeka... *Da prekidač njezine žudnje se upali!* Silno želi da osjeti. *Još uvijek ništa se ne dešava,* panično shvata. Vrelina njegove kože ne otkravljuje led u njenim venama.

U trenu kad Arpadova druga ruka pronalazi prorez što protezao joj se sve do butine, stare slutnje pomaljaju svoje groteskno lice i Karlovim glasom ugrizoše je za srce. *Frigidna si!*

- Hm - Lana glasno proguta pljuvačku: - morala bih do toaleta.

Arpad se u trenu umiri. Njegov vreli dah titra joj na ramenu. Teško diše. Bez riječi sklanja ruke. Pušta je... *da pobjegne.*

Lanin preglasni udah jecaju nalikuje kad otrgnu se od njega i, ne osvrćući se, žurnim korakom, u nenosivo previsokim, srebrnim štiklama sa kaišićima, zaputi se ka kupatilu. Učinilo joj se da je opsovao sebi u bradu, no nije mogla biti sigurna. A nije imala namjeru da ostane da to sazna, jer... pred njim bi se njezina krinka od leda u paramparčad smrskala.

Lana se ramenom nasloni na vrata i ona se uz škljocanje zatvoriše. Snažno pritisnu nadlanicu na usne da utiša očajanje. Suze je u grlu guše. Skliznula je na pod i bez straha od osude, prepustila im se...

„Sama... si... kriva...," sa svakom prodahtanom riječju Karlo se zabijao u njezinu polusestru onog kobnog popodneva kad ih je zatekla zajedno. U svom i Karlovom krevetu. Doživjela je to kao dvostruku izdaju. Čovjek za kojeg je trebalo da se uda i sestra s kojom nikad, ne svojom krivicom, nije bila odveć bliska. Katja je oduvijek željela ono što je bilo njeno. Od omiljene lutke dok su bile djevojčice do njezinog zaručnika.

„Nisi prava... žena... Lana," Karlo je svršio dok je mumlao njezino ime.

Te riječi su je povrijedile više od samog čina. Zalijepile se za nju poput etikete. Ako sklopi oči i sada ih čuje.

Zašto je onda mislila da će s Arpadom zaboraviti? Lana

porazno zavrti glavom. *Da će se s njim osjetiti kao prava žena?*

Možda... šmrcala je... *možda zato što je Arpad Baumgartner bio oličenje muževnosti.*

Vraški zgodan... ako je suditi po uzdasima ženske populacije gdje god bi se pojavio. Lana je, posljednjih pet dana, na sebi osjećala zavidne poglede dok ga je, kao njegov prevodilac, u stopu pratila. Na njegovoj vitkoj liniji nije se opažalo da je karijeru aktivnog sportiste završio prije skoro deset godina.

Visok, crn (premda ako bi se pažljivije zagledala, mogla je uočiti da talasi njegove kose skrivaju prve srebrne vlasi). Iskusan.

Sutra odlazi! Lično mu je rezervisala avionsku kartu. Stoga, kako god ova noć završi... Više se nikad neće sresti. Biće pošteđena neprijatnih susreta, obaranja pogleda, pretvaranja da ga nije vidjela. Iznenadnih prelazaka na drugu stranu ulice samo da bi ga izbjegla! *Siguran.*

Arpad Baumgartner je savršen za taj posao!

Pa, zašto onda nije mogla... da osjeti uzbuđenje?!

Tad joj je sinulo! *Možda je previše oček_*

Tiho kucanje na vratima trže je iz misli.

- Lana - Arpadov prigušeni bariton baršunom obavi njezina čula. Naježila se. - Dobro si?

I jedna struna u njenoj nutrini zavibrira. Ona što Karlova je sebičnost nikad nije takla.

- Izlazim za minut - odvrati mu kroz zatvorena vrata.

Trenutak kasnije, čula je njegove korake kako se udaljavaju sve dok nisu sasvim utihnuli... zamrli negdje u sobi.

Tek tada je ustala s poda.

Kad se konačno okuražila da se promoli iz kupatila, zatekla ga je kako oblači kožnu jaknu.

Širom otvorenih očiju zurila je u njegova leđa.

„Šta on to radi?"

Arpad posegnu za ključevima na noćnom stočiću pored kreveta. Mora da je postao svjestan njezinog prisustva, letimično se osvrnu preko ramena.

- Hajde, odvešću te kući - objašnjava.

Lana glasno uvuče vazduh kroz zube. - Želim te...

Ukočio se na tren. Zapazila je to. Možda čula uzdah? Nikad neće saznati.

Tromo... umorno... kao u usporenom filmu... Arpad se, s ključevima u ruci, uspravi i okrenu ka njoj. Mučna sjenka pređe preko njegovog bronzanog lica. Vilice stiska. I bez riječi kazuje joj...

- Ne želiš me... - Lana porazno shvata njegovo ćutanje, i grizući donju usnu zagleda se u masivno tapacirano uzglavlje od eko kože koje je plijenilo snažnim, muževim, nijansama tamne čokolade. *Trebalo je da zna!* Podsmijehnu se samoj sebi. *Nije čak ni dovoljno žena da odvede u krevet... hm, osvjedočenog playboya.* A naskakao je taj svojedobno „i na ćurke i na patke". Na vrhuncu karijere Arpad Baumgartner je punio stupce tabloida svojim vezama i vezicama. Gotovo isto toliko koliko svojim uspjesima na pisti.

Arpad joj priđe i tik kraj nje promrmlja sebi u bradu: - Ne želim te... - potvrđuje njezine slutnje.

Izravno. Bez uvijanja!

Primila je tu izjavu poput šamara. Ma koliko očekivanog.
Lana se trže i iskosa upravi vlažne trepavice ka tom nasmrt
ozbiljnom licu što je nadvisuje.

- ...*iskoristiti.* - Arpad muklo naglasi.
Malo joj je falilo da se ne zasmije. *Izem ti sreću! Muškarac
sa skrupulama?! To mora da je neko stvorenje novo.
Sasvim nepoznato nauci.*
No umjesto toga jedno ,,*Iskoristi me...* '' napusti njezine
blago razdvojene usne.
Arpad užareni pogled zaustavi na njima.
Poljubac njihov sudar je titana, borba za prevlast...vatre u
njemu i njezinog leda.
Kud plove njegovi prsti naprslina se stvara... u njenom
oklopu! Još koji tren i otkriće mu od čega je sazdana. Gard
spušta... I onaj komadić mraza što na srcu joj je ostavila
izdaja jednog bijednog smrtnika, poče da se otapa. Najzad
se oslobađa njegove vlasti...
Arpad palčeve zavuče pod tanke, labave, injem posute,
bretele njezine večernje haljine i povlači ih ka rubu
provalije... njenim ramenima. Lana se promeškolji.
Dopušta im da se sunovrate. *Ogole je!* pred njegovim
gorućim pogledom.

KRAJ

Gospa bez milosti

1927.

Kamenje... golo kamenje posvuda, poput pečuraka pupalo je iz spržene zemlje.
Iris sumnjičavo nabora nos posut pjegicama. Duga plovidba prekookeanskim brodom učinila ih je još izraženijim na njenom licu od alabastera.
Zašto bi iko svojevoljno odabrao da živi ovdje? Na ovome *maledetto* ostrvu sa kojega je njezin otac, u inat duboko uvreženoj tradiciji koja je propisivala koga bi trebalo voljeti, pobjegao prije više od dvadeset godina.
Ali ona nije došla ovamo da živi. Po ko zna koji put Iris je morala da podsjeti samu sebe.
Došla je da umre.
Na boku je grčevito stezala torbicu od srebrne mrežice, prebačenu preko grudi joj.
 - Moj život nije više moj - šapatom je prigušila žamor ribarskog nadvikivanja u luci.
 - *Scusa, bambina!** - plećata prilika očeša je rukom i njezin zlatni sat, zaručnički poklon, otkopča se i bućnu u

vodu. Zauvijek pokazujući 6.52. Čas kad je plamena lopta nebom što plovi sasvim potonula u pučinu na obzorju.

Irisina jarkoriđa kosa, ošišana po posljednjoj modi u savršeni kratki paž sa šiškama, ubrzo poče da privlači podozrive poglede. A njezine široke, visokog struka pantalone, tako skandalozno neprikladne na ženi, još i više. *Neznanka usred učmale varošice!* Zatalasala je tromu znatiželju ovih priprostih ljudi.

Drago će nesumnjivo za koji tren doznati da je pristigla na njegovo ostrvo.

„Odlično!," pomisli Iris i pruži korak lakonoge košute. *„Nema svrhe dužiti sa susretom."*

Još koliko sutra, stajaće oči u oči sa čovjekom koji je jednom riječju, premda hiljadama kilometara daleko, uništio njezino *„živjeli su srećno do kraja života"*. Njezina bajka završila se prije negoli je zapravo i započela.

Nedjelju dana prije nego što je Sandro trebalo da je dočeka pred crkvom, svu u bijelom, odjenula je crninu za njim.

Drago... *Zmaj.* Čak se i iza njegovog prezimena krilo krvožedno čudovište.

Potpetice njezinih cipela zvonko su odjekivale na kaldrmi kao da kažu *Čuj me!*

Sa svakim korakom bliže sam tebi!

Boj me se!

Jer neću imati milosti.

Senza Pietà*. Nije li tako obećala dona Ilariji, Sandrovoj majci, dan nakon što su sanduk sa njegovim izrešetanim tijelom spustili u kišom natopljenu raku?

Kanila je ispuniti to obećanje makar to značilo da neće živa otići sa ovog ostrva. Kad izvrši svoju misiju, a nimalo nije sumnjala u uspjeh, obezglavljena *Organizacija* će se surovo obračunati s njom.

Sumrak je već ogrnuo negostoljubivi krš povrh luke svojim zagasitim plaštom kad se Iris zatekla pred oronulom kamenom kućom na osami. Bila je upravo onakva kakvom ju je dona Ilaria opisala. Na bočni zid naslanjao se neukroćeni grm ružičastog oleandera u cvatu. Večernji povjetarac svud uokolo je širio njegov opojni miomiris. Pomiješan sa... *dimom cigarete!* Iris se diskretno osvrnu preko ramena dok je rovarila po torbici u potrazi za ključem. Krajičkom oka spazila je nepomičnu siluetu muškarca nekoliko metara dalje. Nije ni pokušao zatajiti svoje prisustvo.

Iris zadrža dah. *Iščekujući...*

Žar na njegovim usnama postade intenzivniji trenutak prije nego što je nehajno bacio cigaretu, te se potom, bez riječi, okrenuo i nestao.

Trošna drvena vrata konačno popustiše i Iris nesigurno zakorači u memljivi mrak. Postarala se da navuče rezu za sobom.

Do duboko u noć, neznanac pred kućom opsjedao joj je misli. U njezinim košmarima pretvarao bi se čas u požrtvovanog ljubavnika čas u krvoženog zmaja koji u svojemu gnijezdu, visoko u planinskim vrletima, proždire mlade djeve, žrtvovane da ga umilostive za grijehe svojih suseljana.

Čela oblivenog graškama znoja, ustala je u praskozorje. Zaogrnuta ružičastim prekrivačem od damasta, Iris sa praga podiže crnu pozivnicu urešenu zlatopisom koju je neko, tokom noći, onamo spustio. I poče da čita spram nejakih sunčevih zraka.

Ovogodišnja
Festa di San Michele
održaće se u
Castello del Drago.

Domaćin Vas poziva
da svojim prisustvom
uveličate proslavu.

- San Michele uccide il drago* - Iris promrsi sa neobičnim sjajem u oku. - Kako simbolično!

***

Srednjovjekovni Castello del Drago smjestio se uz sam rub krečnjačke litice nad morem, koje se u ovaj kasni sat ljeskalo poput satenskog čaršava boje indiga.
Na suprotnoj strani od mora, zamak je opasavala visoka, odveć kitnjasta, mesingana ograda kakva bi se lakše mogla zamisliti pred palatom kakvoga istočnjačkog vladara negoli na tom sredozemnom ostrvu. Na njezinu vrhu izvijala se tanka figura mitskog kineskog zmaja.
Iris zastade u podnožju strmih, u stijenu grubo uklesanih, stepenica.
Nesvjesna sa koliko zanimanja su je pratila dva tamna oka.
Plam upaljene baklje presijavao se u njezinoj vatrenoj kosi

kada se sagnula da poravna šav na svilenoj čarapi. Rese na dnu njezine svjetlucave crne haljine razdvojile su se otkrivajući konture savšeno izvajane noge.

Iris se oprezno uspravi. *Nije sama,* predosjetila je.

- *Madonna mia, che bellezza...* * - nečiji promukli glas nadraži svježinu jesenje večeri.

Iris se naježi.

Nedaleko od nje, u sjenci stoljetne masline, čovjek u bijelom smokingu sa crnim reverom kresnuo je šibicu da pripali cigaretu.

Podsjetio ju je na... *Stranac pred kućom sinoć!*

Zadržavajući dah, Iris nagonski stavi ruku na grudi da umiri divlje otkucaje srca kad joj se stade približavati ležernim korakom.

- Scusa, bambina...

Taj glas... *Čovjek u luci juče zbog kojega je izgubila Sandrov sat!*

Sada je već stajao oči u oči s njom.

Nije visok, kroz glavu joj prođe banalna misao. *U njenim košmarima bio je gorostas!*

- *Drago...* - Iris promrsi sebi u bradu u tom trenu otkrovenja.

- A ko si sad pa ti? - on sumnjičavo suzi oči.

Mjesecima se spremala za ovaj čas.

Tvoj dželat! Htjela je da vikne.

No na vrijeme se suzdržala. Morala je da bude mudrija i da ga natjera da spust gard prije nego što ispuni svoj naum. Budući da je već znao gdje je noćila, tek neznatno je iskrivila istinu.

- Ilarijina rođaka iz...

Drago zabaci glavu i grohotom se zasmija.

- Šta je toliko smiješno? - pod naletom prezira, Iris prkosno podiže bradu.

Kako je naglo počeo da se smije tako je naglo i prestao. Netremice se zagledao u njezine krupne oči.

- Ta matora vještica Ilaria, sa ove strane Potopa, u familiji nije imala riđokose *Madonne* sa očima boje lavande.

Znači mogao je da nazre neobičnu nijansu njezinih očiju.

Sujeta joj, u ruke, položi neočekivano oružje.

To joj je dona Ilaria pokušala natuknuti onim znakovitim

„Sandro bi razumio..."

A ona je tek sada shvatila!

Drago je jednim hitrim pokretom uze, *gotovo zgrabi,* i privuče u naručje. Njegov vreli dah na njezinoj koži palio je kao vatra. *Drago... Zmaj.* Njegove tvrde usne gladno su je proždirale dok se borila protiv izdajničkog nagona da sklopi oči. *Nimalo nalik Sandrovim mlakim poljupcima,* prođe joj kroz glavu. *Zlo joj je od njegove kolonjske vode.* Utroba joj gori. *Hladno joj je!* Svojim čvrstim tijelom prikovao ju je uz ledeni zid kamenog stubišta. *Nestabilna je na nogama...* Pesnice stiska da ne poklekne i čvrsto se uhvati za njegove snažne mišice. *Poput, u vrtlogu požude, utopljenika!*

No umjesto toga, Iris drhtavim prstima grčevito, na stomaku između njihovih priljubljenih tijela, napipa svoju torbicu od srebrne mrežice u kojoj je...

Lecnula se kad je Drago, ne prestajući sa poljupcima, istrže iz njezine ruke i prevuče joj je na bok da mu ne smeta. *Nije otkrio šta je u njoj krila.*

Nećeš imati bolju priliku, od navale krvi huči joj u ušima.

Drago se ukruti na njenim usnama. Osjetila je kako je s mukom progutao pljuvačku.

Širom otvorenih očiju, Iris je netremice zurila u njegovo bronzano lice kako se sporo... *oprezno...* udaljava od njenoga.

Bezbroj puta, njezina joj je uobrazilja uprizorila ovaj čas!

U ruci je čvrsto stezala rezbarenu dršku srebrnoga noža za otvaranje pisama, prislonjenog uz njegov vrat.

Dragovo lice bilo je mirno poput maske. *Nedokučivo...* Nijedan mišić na njemu nije odavao o čemu razmišlja. Sve dok nije prozborio.

- Zarij svoj bodež...

Vršak noža mu, tek neznatno, probi kožu.

- ...do balčaka! - promuklo dahnu.

Trnci prostrujaše Irisinim tijelom i ona nesvjesno olabavi prste.

- Ili ću ja tebi... - poput grabljivca koji vreba svoj plijen, koraknuo je ka njoj.

Zaboravila je da diše pod njegovim intenzivnim pogledom.

- ...cijele... *bogovetne... noći.*

Trenutak kasnije, metalna oštrica zazveča na kamenom stepeniku.

KRAJ

Ariadna

April 1945.

"Zovem se Ariadna i ne molim za milost crvenog oficira!"
- Naučiću te da klečiš preda mnom... - zamišljeno je trljao obraz na kom je ostavila skarletni trag svog dlana.
Njezin prkos rasplamsao je oganj u njegovim venama. Krv mu vri... skuplja se u uglu usana. Vrhom jezika osjeti metalni okus. Ugrizla ga je...
U iznošenim vojničkim čizmama gacao je blatnjavim putem, što su ga tenkovi razrovali na svom pohodu ka zapadu. Pregazio je njezinu zemlju. Ostavio palež i ruševine za sobom. Pogled mu unaokolo luta. Nijedna kuća nije ostala netaknuta. Kamene gromade u moru zelenila leže na nakvašenoj travi. Nalik pečurkama propupalim poslije kiše. Nemilosrdno se svetio za zvjerska zlodjela njenih sunarodnika. Kalio je mržnju u sebi krvlju krvnikâ svog naroda. Leonid se strese. Sitna kiša, koja je uporno rominjala čitavog dana, natapala je njegovu gimnasterku, prodirući mu do kože.
 - U mojim rukama drhtaće kao prut... - kroz stisnute zube zavjet sebi dade, odlučnošću nepokolebljivog osvajača.

Zatočenica u ledenoj tundri biće... *pod rebrima mu.*

*

- Ta prljava, komunistička svinja! - Na perjanom jastuku Ariadna je slušala odjeke topničke paljbe u daljini. Poput potmule grmljavine, u ušima joj bubnjaju gromoglasni otkucaji njenog srca. On im komanduje. - Kako se samo usudio... - vrhovima prstiju nesvjesno dodirnu svoje male, pune usne: - *da me poljubi...*
- Vidi, Ariadna - Andreasov uzbuđeni glas, nalik djetinjem, trže je iz razmišljanja. - Vidi - uporno ju je gurkao.
- Šta to imaš? - Ariadna lijeno zijevnu ni ne pogledavši ga. Sigurno je opet pronašao nekakav kamenčić koji ga je oduševljavao. Bio je u stanju da provede sate zadubljen u proučavanju, eonima uglačane ivice, riječnog oblutka.
- Vidi šta imam... - na njen krevet istrese...
Ariadna se promeškolji pod bodljikavim, zelenim ćebetom kad nešto teško pade na drveni pod i otkotrlja se, zaustavivši se tek kad mu se orahova *Biedermeier* vitrina našla na putu. Još nekoliko trenutaka je zvečalo na podu prije nego što se sve opet utišalo.
Ariadna podiže jednu konzervu sa gomile koju je njezin brat maločas izručio na njen krevet. Škiljila je u nju. Mjesečina je bacala dovoljno svjetlosti da je uspjela razabrati oznake na njoj. *Neka čudna slova.* Već ih je vidjela... Zlokobna hladnoća uvlačila joj se u prsi.
- Odakle ti ovo? - oštro upita.

Andreas nije razumio. - Ljuta si na mene... - trzao je glavom, izbjegavajući da uspostavi kontakt očima. - Ljuta si - tužno je ponavljao kao u transu. Povlačio se u svoju ljušturu... Svijet u koji ona nikad nije imala pristupa. Ariadna se brzo uspravi u krevetu i sjede na pete. Dlanovima mu obujmi obraze i zagleda se u to lice toliko nalik svom. Ponekad joj se činilo da se ogleda na mirnoj površini jezera. Imali su isto ovalno lice. Iste kestenjaste oči, iako su se njegove činile toliko daleke... *snene.*

- Nisam ljuta. Nikad ne bih mogla da se ljutim na tebe, samo - ovdje je spustila glas da je skoro šaputala, naglašavajući svaku riječ: - moraš mi reći gdje si ih našao.

- Bio sam kod potoka, tražio kamenčiće, na obali ima lijepih...

- Andrease, konzerve - nestrpljivo ga prekinu: - gdje si našao konzerve?

- Vojnici ih imaju puno, trebalo je da vidiš...

Pustila ga je. - Uzeo si ih od *komunista...* - poleđinu dlana prisloni na usta. Osjetila je mučninu. *Ako ih uhvate s tim...* Odmahnu glavom. Nije se usudila ni zamisliti šta bi im ti varvari uradili. Pogled joj pade na Andreasa. *Ko bi se starao o njemu?* Iako svega nekoliko minuta mlađi od nje, njen brat je bio poput djeteta. U glavi nikada nije odrastao. Ariadna skoči na noge i mahnito stade skupljati limenke u lanenu spavaćicu. *Mora ih se riješiti!*

Andreas je izbezumljeno cvilio. Mislio je da će ga pohvaliti što se brine o njima. Počeo je da se udara šakom u glavu. Srce joj se cijepalo. Na tren je zastala i poljubila ga u čelo, umirujući ga. Andreas je na svoj nevini način pokušavao da pomogne. *Da se osjeti korisno.* Knedla ju je gušila u grlu.

- Ne smiješ nikome reći da si ih uzeo - uzdahom ga opomenu. - Obećaj mi, Andrease - zahtijevala je.

U gluvo doba noći, Ariadna se iskrala u vrt s namjerom da na nekom skrovitom kutku zakopa Andreasov grijeh. *„Niko neće znati...,"* naivno je ubjeđivala samu sebe.

Svoju bujnu, raspletenu kosu prebacila je preko ramena da joj ne smeta u njenom mučnom zadatku. Zadrhta kad hladan povjetarac nadraži grozničavu kožu njezinog vrata, opominjući je da požuri. Ako se zadrži rizikuje da je neko...

Podsjetila ga je na priče koje je slušao u djetinjstvu. - Vila u bijelom - Leonid zaškripa zubima. Zacijelo je morala nalikovati tim mitskim stvorenjima. *„Vještica!,"* u mislima se ispravi. Nije mogao zaboraviti onu vatru u njenim očima kad ju je poljubio. Da je mogla oči bi mu iskopala.

- Druže... - vojnik s njegove lijeve strane ga prenu iz misli.

Leonid ga odsutno pogleda, kao da se tek rasanio.

- Da je zaustavim? - Čekao je njegovu naredbu.

Jedva primjetno klimnu glavom.

- Stoj! - golobradi mladić se prodera i uperi blještavi snop svjetlosti baterijske lampe u vitku figuru nedaleko od njih. *Otkrili su je...* buči joj u glavi... *zatekli sa kradenom robom...*

Nema iluzija.... kazna može biti samo jedna! Korača, mada tlo ne osjeća... ka svome kraju. Milosti nema... Sovjeti je ne daju.

Obamrla sumornim slutnjama tone u bezdan. *„Možda je*

već mrtva?"
Nešto je zadržava. Ne dozvoljava da nastavi da pada. *Bol!*
Neko joj čvrsto steže mišicu.
Ariadna podiže, dotad klonulu, glavu. Zuri u tamne obrise
pred sobom. Crnje od ponoći.
Vode je... *u njihov kamp?!* U čudu nabra obrve. Očekivala
je da će joj presuditi po kratkom postupku. Metak u glavu.
Sutradan bi je pronašli u nekom jarku. Zadrhta od te vizije
naslućene smrti.
Čovjek koji ju je sve vrijeme vodio, držeći je za ruku,
zareža, njoj nerazumljivu poruku na svom jeziku i dvije
sjenke iza njih ukopaše se u mjestu.
„To je on!," djevojka izdajnički glasno udahnu.
On razgrnu šatorsko krilo i grublje nego što je to potreba
nalagala, uvede je unutra. Tek tad joj je pustio ruku.
Ariadna je trljala bolno mjesto preko lanene spavaćice. Da
ukloni tragove njegovih prstiju, što su joj se cijelo vrijeme
usjecali u kožu.
Mala petrolejska lampa na stolu svjetlom škrto okupa
unutrašnjost šatora.
Dovoljno da vidi da sudbina se surovo poigrala s njome.
Njezin dželat, nema ni par sati, na njezine usne utisnuo je
prvi poljubac. *I možebitno posljednji.*
Bi li žal na duši odnijela sa sobom ako bude tako?
   - Sjedi - izvuče joj rasklimatanu stolicu.
„Zašto duži?," prođe joj kroz glavu. Sve bi moglo biti
gotovo u sekundu. Oprezno zakorači ka...
   - Odakle ti ovo? - iz džepa izvuče konzervu...
Ariadna nije skidala pogled s prokletinje.

...i, sa zapanjujućom sporošću, odloži je na daščani sto.

- Ja.... uzela sam... - promuca kao da joj se jezik zalijepio za suva usta.

Leonid upravi nasmrt ozbiljan pogled u blijedu djevojku pred sobom.

Njegove svijetle oči u polutami doimaju se mračnije od uzburkanih voda Beringovog mora. *I opasnije!* Utapa se u njima...

- Misliš, ukrala si ih - ispravlja je.

Ariadna oćuta na njegovu konstataciju.

- Ali, vidiš, ja znam da to nisi mogla biti *ti* - pogled mu drsko klizi njezinim tijelom, obavijenim lanenom tkaninom. Ispranom... iznošenom... *od paučine satkanom.* Otrpjela je taj pogled dok je sve u njoj zvonilo na uzbunu.

- S druge strane... - glas mu poprimi dublju boju kad je, s rukama na leđima, krenuo ka njoj, sporim, odmjerenim korakom. Staje preda nju. Nadvisuje je. - ... jedan mladić je...

Lice je odaje. *On zna!*

- ...viđen u blizini kampa - pobjedonosno završava. Na trenutak ućuta. Daje joj vremena. - Možda bi sada, željela promijeniti svoju izjavu?

Šta god da se desi, odluku donosi, *Andreas neće... ne smije!... stradati.* Srce bi joj prepuklo od same pomisli.

- Ja sam ih ukrala! - grune. Prihvata svoju sudbinu.

Spasiće svog brata!

Nabranih obrva Leonid smrknuto pilji u nju. Pokušava da pronikne šta se krije iza njene nesebične žrtve.

- Ko je on?

- Ja sam ih ukrala! - ostaje pri svome. Ne može mu ništa, ako ona ne poklekne. *Andreas je siguran!* Na njenom licu nema više onog grča... *strahovanja!...* nježnost ga obliva. Leonid to opaža. Usne su mu dvije tanke linije. Mršti se.

- Dala bi život za njega?! - nevjerica se očitava u njegovom glasu.

- Šta je moj život bez njega? - U taj uzdah slila se sva sjeta ovoga svijeta.

Te noći, Ariadna je sklopila pakt sa đavolom. *Njezina nevinost za Andreasovu.*

KRAJ

Suze moje Salome

Crni oldtajmer jezdi nepreglednom ravnicom podižući oblak prašine za sobom na zemljanom putu.
Natpis „*Upravo vjenčani*" postavljen je preko rezervnog točka na gepeku i oivičen vijencem od upletenih bijelih rada. *Mladino omiljeno cvijeće...*
Odbljesci sunca na zalasku cakle se u djevojčinim bademastim očima. Ni paučina vjenčanoga vela ne prikriva dvije kapi rose na njenim trepavicama. Još koji tren i sunovratiće se u bezdan otkrivajući čovjeku kraj nje za čim žali.
Da joj je samo vrijeme da proleti do trenutka kad svrši ceremonija vjenčanja! Prihvatila bi sva iskušenja što joj život sprema! Prihvatila bi vječnost...
Dah joj zastade kad kroz svilu suknje na bedru osjeti vrelinu njegovog tijela.
... bez njega!
Osjetio je kad se ukrutila.
Pravih leđa... okamenjena pogleda zurila je kroz prozor u razlivene boje žitnih polja što su kraj njih promicala.
Statua!

Vilica mu zaigra. Zube stiska... u usnu ih zariva. Umalo da ne opsuje... *ono što sveto mu je.*
Dan, uvelike nalik današnjem, kad kročila je u njegov kiparski atelje i zatražila da postane...
  - *Moja Salome...*
Nesvjesan je tih riječi sve dok...
  - Ništa ja više nisam tvoje... - drhtavi šaptaj, uhu mu jedva čujan, vinu se s njezinih vlažnih usana.
Pelin u njenim riječima dušu mu gorčinom svojom nagriza.
Kriv je!
Kriv je što drznuo se da u jesen svog života ljubi majsku ružu.
Kriv! jer zatajio je od nje sponu od suvoga zlata što ga je za drugu ženu vezala.
„Dok nas smrt ne rastavi..." Lažnoj ljubavi zavjet je dao.
I na kraju ispoštovao.
Makar po cijenu velikog bola.
„Idi...," leđa joj je okrenuo one večeri u svom ateljeu gdje u vječni mermer je uklesao klasične crte njezinog lika.
Svojoj Salome surovo je slomio srce!
„Idi i ne vraćaj se više meni!," zagrmio je da nadglasa topot njenih potpetica na golom kamenu kad pobjegla je od njega.
Ostavljajući mu krhotine u prsima!
Auto stade da usporava.
Panika je hvata! *Zar su već stigli kraju puta?!*
Unezvereno poput plahe životinjice satjerane u kut, razrogačenih očiju na obzoru je tražila zloslutni obris zvonika drvene kapelice. Jednom kad uđe u mračnu joj

unutrašnjost i pruži ruku drugome...

Prsti mu se isprepliću s njezinima. Umiruju drhtaje u njima.

Ona nesvjesno sklapa patnjom otežale vjeđe i prve biserne kaplje, predugo susprezane, ostaviše izdajničke tragove na bljedilu njenog lica.

- Voli me... - šapatom mu mrmlja najtajniju čežnju svojega srca. *Imperativ!* Istovjetnom dijelu njegovog bića. I osluškuje tišinu...

Iz dubina ambisa razabire muklo mu: - *Moj sin...*

Uzdah njezin samrtnome ropcu nalikuje. S njime sva nada njena umire.

Polagano izvlači ruku iz njegove, jer...

Njegov sin... *njegov pastorak! Sin žene za koju, do juče, nije znala da u njegovom životu postojala je!* pred oltarom u tom času čeka je.

Sudba se gorko poigrala s njome!

Tlo se zatreslo pod njenim nogama... *i Zemlja je načas stala!* kad iluzija nova nikad prežaljenoj ljubavi dovela je. *Da je upozna sa svojim ocem!*

- ... voljeće te... - čovjek kraj nje otrgnu od sebe dio svoga srca: - kao što ja ni_

- Dovoljno je! - prekide ga sa osornošću tako nesvojstvenom njezinom krotkom glasu.

,,Kao što ja nikad nisam, " u mislima dovršava ono njegovo nikad izgovoreno.

Auto se zaustavlja.

Više nema govora.

Pred kapelicom tek šačica uzvanica i, u crnom fraku, mladoženja.

Nadlanicom je obrisala tugu sa svog lica.

Nema žaljenja!

Ničeg više nema među bivšim ljubavnicima.

Tek zaborava privid...

sanjaće...

jednog dana.

KRAJ

Persefona

(alegorija o jednoj smrti)

Persefona se teška srca osvrnu preko ramena tačno u onom času kad se sunce pomaljalo na obzoru. Posljednji put svjedočiće tom veličanstvenom prizoru. Nastojala je da ga upije... *upamti.*
Pred ružičastim obrisima jesenja tmina se povlači... nastanjuje se u njezinim očima. Magli ih.
Gugutka se u gori javi. Opominje je. *Mora poći...*
Persefona se dlanom odgurnu od, mozaikom izbrazdanu, koru stoljetnoga hrasta obraslog lišajevima i, pridržavajući skute, pohita uzbrdo. Zemlja bijaše utabana stopama onih koji su tuda prije nje prošli. Od pamtivijeka horde su gazile tim istim vrletnim puteljkom. Ostavljali tragove koji vode u istom smjeru. Pogled, protiv svoje volje, obori. *Niko se vratio nije...*
Kukuljica njezina zelen-plašta prekrivala joj je orošeno čelo. Za noć, dugačak put je prešla. Od podnožja planine i još dalje... preko livada, proplanaka... gdje ležalo je njeno uspavano seoce. *Ništa se u njem' promijeniti neće*, pomisli, *ni kad nje više ne bude bilo.*
Gotovo bez daha stade pred uzani prolaz među stijenama

koji se spuštao u samo srce Podzemnoga svijeta. *K njezinom ženiku...*

Nešto je stegnu u grlu. *Njegovo ime, iz straha, spominjati se nije smjelo!* To nije muž kakvom se nadala... *o kom je snila!*

No, jednom kad zađe u njegovo carstvo, njezin život više neće biti njen.

Rezignirano odmahnu glavom.

Nije imala izbora. *Obećana je...*

Stoga odvažiti se mora. Persefona duboko udahnu... zadrža dah... studen je u prsima zaboli... i načini prvi korak.

Tlo se, uz gromoglasnu buku, zatrese pod njenim nogama.

Nekoliko kamenih gromada surva se s vrha planine blokirajući joj povratak. *Ako hrabrosti joj, da nastavi, ponestane...*

Prijetnja ta nije je odvratila.

Zašla je dublje u utrobu zemlje.

Jedan snop svjetlosti bljeska se na smaragdnozelenoj vodi rijeke ponornice. Kazuje joj pute...

Uz kamenitu obalu pristala je lađa. U njoj pogurena figura starca, obraslog u bradu i kosu do pojasa. Oslanjao se na dugu, čvornovatu motku spreman da se svaki čas otisne nizvodno. Sa svojim sljedećim putnikom. *Čekao je nju...*

Približivši mu se, Persefonu zapuhnu vonj njegovih nečistih halja.

Hrabro je zakoračila na lađu boje rđe. Ona se zaljulja i stade je nositi na put bez povratka da...

Umilostivi demona...

Do Persefone dopiru vapaji izgubljenih duša što talasaju

se... previru... pod plitkim gazom lake lađe.
Za spoljašnji svijet i ona je odsad jedna od njih...
zaboravljena.

KRAJ

Nepoznate riječi i izrazi

Je ne sais quoi. (str. 21) - Ne znam šta.

La Belle Dame sans Merci (str. 54) - Lijepa gospa bez milosti

Scusa, bambina. (str. 69) - Izvini, malena (lit. značenje bambina - djevojčica)

Senza Pietà. (str. 70) - Bez milosti.

San Michele uccide il drago. (str. 72) - Sveti Michele ubija zmaja.

Madonna mia, che bellezza. (str. 73) - Gospe moja, kakva krasota.

Sadržaj

MCMXCVI (*1996*) *1*

Love Undercover *3*

Ledena kraljica *63*

Gospa bez milosti *69*

Ariadna *77*

Suze moje Salome *85*

Persefona *89*

Printed in the USA
CPSIA information can be obtained
at www.ICGtesting.com
LVHW041559291023
762323LV00002B/451